苺パニック1

Ichigo & Sou

風

fuu

エタニティ文庫

目次

苺パニック１

～下っ端店員戸惑い編～

プロローグ（憤《いきどお》りの叫び）　～執事頭 吉田善一《よしだぜんいち》～

黄に色づいた銀杏《いちょう》の葉が、くるくると舞いながらゆっくりと地表に落ちていく。辺りには落ちた葉がぎっしりと敷き詰められ、まるで黄色の絨毯《じゅうたん》のようだ。

葉の大半を落としてしまった木は、日が傾いてきているためか、なんとも心もとなさそうな風情で太い幹《みき》や枝を晒《さら》している。

「晩秋なのだなぁ……あと少ししたら、もう十一月も終わってしまうのですねぇ」

この屋敷の執事頭である吉田善一は、自室の窓辺に立ち、磨き上げられたガラス越しの風景を見つめながら、物思いにふけっていた。

坦々《たんたん》と時が過ぎてゆくことに、このところ、焦《あせ》りを感じてしまってならない。

我が主は……このままでよいのだろうか？

善一の主である藤原爽《ふじわらそう》は、多彩な能力、類《たぐい》まれな才覚をもった人物だ。そして、そのありあまるほどの才能を活用し、気の向くままに様々なビジネスに手を染めている。主の手がけるビジネスは、すべてにおいて順風満帆《じゅんぷうまんぱん》。

そんなわけで、仕事に関して言えば、なんら心配はしていないのだが……

善一は、顔をしかめて長い息を吐き出した。

――我が主は、女性に関心がなさすぎるのだ。

もちろん、爽様を狙っている女性はいくらでもいる。数年前までは、大切な主が変な女性にひっかかったら……と、戦々恐々《せんせんきょうきょう》としていたものだった。

まあ、結局はそのような不安など、まったくの杞憂《きゆう》に終わったのだが……

斜に構えた態度、一癖も二癖もある性格。爽様は皮肉なふるまいを、まことに上品にされるおひとなのだ。だが、今ではたまには変な女性に引っかかり、にっちもさっちもいかなくなるような状況に身を置くくらいであってほしいと、逆に願ってしまうわけで。

ビジネスは、主にとって趣味であり娯楽。だから爽様はこのような現状になんの不満もないとおっしゃるのだ。

だがっ、だがっ……

「それでいいわけがあ、ないっ！」

握り拳をぐぐっと固めた善一は、憤りのままに叫んだ。

一生、ご結婚なさらないつもりではないかと、不安で仕方ない。跡取りが必要だ。絶対に必要なのだ。藤原家を、爽様の代で終わらせるなどあってはならないことだ。

女性にまったく興味がないというわけでは……ないと思うのだが……

やはり、爽様のハートを射抜くくらいの魅力を持った女性が現れないせいなのだろう。

はあっ……どこかにいないものか……

あの爽様に、ビジネスよりも興味を抱かせるほどの美の女神のようなお方が……

トントンと強めのノックの音がし、善一は憂《うれ》いを浮かべたままドアに顔を向けた。この時間であれば、料理長の大平松敏雄《おおひらまつとしお》に違いない。主のための夕食のメニューの相談だろう。

「はい」

「吉田さん、大平松ですが、いまよろしいですか？」

いつもの野太い声が聞こえる。

「ああ、いま行く」

「はい。お願いします」

そのあと、ドアの前から足早に去る気配を感じた。善一は、焦《あせ》ることなくゆっくりとドアに近づき、部屋を出る。

今、爽様は宝飾店『ジュエリー Fujiwara』の経営に夢中なのだ。とはいっても、毎日店に顔を出しているわけではなく、木曜の今日はお休みをとっている。だが先ほど、書斎にお茶をお持ちしたところ、爽様はパソコンを開き、お休みであるというのに、やはり仕事をなさっていた。

働き過ぎではないかと思うのだが、爽様は仕事を趣味のようにお考えだから、お疲れになることはないらしい。

大平松との夕食の打ち合わせを終え、次の仕事に取りかかろうとしたところで、電話のベルが鳴る。善一は静かに受話器を取り上げた。

「はい。吉田だが」

「吉田さん、大奥様がおいででございます！」

電話の向こうの焦り声に引きずられて、善一もまたうろたえてしまう。

お、大奥様だと！

またなにやら、厄介事が持ち込まれそうな予感がして、おのずと顔が引きつる。

善一はひと呼吸して背筋を伸ばしてから、「わかった」と固い声で答えたのだった。

1　苺の休日　～苺～

「いちごぉ!!」

自分の部屋のベッドに寝転んで、ノリのいい音楽を聴きながら漫画を読んでいた鈴木《すずき》苺《いちご》は、突然の母親の怒号《どごう》にぎょっとし、ビックーンと身を震わせた。

気づくと、目の前に不機嫌大王と化した母、節子《せつこ》の顔があった。

「な、な、何？」

跳ぶように身を起こした苺は、ビクビクしながら、しどろもどろに問いかけた。

すると、節子は、苺がつけていたヘッドホンを乱暴に剥《は》ぎ取り、床に投げつける。

ガショッと不穏な音がし、苺は「ああーっ！」と叫んだ。

「お、お母さんったら、壊れちゃうよぉ」

苺の文句は、母の怒りをさらにあおったらしい。なんと節子は、右足でヘッドホンを踏みつけたのだ。

「や、やめてぇ」

苺はベッドから飛び降り、節子の足元からヘッドホンを救い出した。

「な、なんでぇ？」

どうして節子がこんな暴挙に出たのかさっぱりわからず、戸惑いながら問う。

「なんで？　あんたね、いま何時だと思ってんの！」

「はい？」

時計に目を向けた苺は、「あわわっ」と、慌てふためいて叫ぶ。

「あわわっ、じゃないわよ。夕食の支度の時間でしょ、真美《まみ》ちゃん手伝うの忘れるなんてぇ」

「ご、ごめんなさい」

自分の落ち度に、苺はしゅんと萎《しお》れた。

あーっ、大失敗だ。

母の怒りはもっともだ。実は兄嫁の真美は、いま妊婦さんなのだ。

朝から用事で出かけた節子は、夕方まで帰ってこられないというので、苺は身重の真美の手伝いをすることになっていたのに……

「ほら、さっさと下りてらっしゃいよ」

「あいあいさー」

返事をした苺は、節子に遅れまいと部屋から出た。そして節子を追い越し、先に階段に向かう。

「ちょ、ちょっと苺、あんた落ちないでよ」

心配する節子の呼びかけに「あーい」と答え、階段をあっという間に駆け下りた苺は、その勢いのままキッチンに飛び込んだ。

「真美さん、ごめんねぇ」

真美の姿を捉えた瞬間、苺は謝った。

「い、苺さん。そんなに慌てなくても、大丈夫ですよぉ」

真美は少し焦《あせ》った風に、右手に菜箸を持ったまま、両手を振る。

兄嫁の真美は、性格よしの器量よし。すらりと背が高く、スタイルも抜群。

いまは妊婦なので、お腹はぽこんと膨らんでいるけど……それはそれで素敵だ。

とりあえず、まだ夕食の支度は終わっていないようで、苺はほっとした。

「真美さん、わたし、何をすればいい？」

挽回《ばんかい》を図るべく、苺は兄嫁に尋ねたのだった。


「うん、うまい。やっぱり真美は料理が上手だな」

鼻の下を伸ばして、妻の料理を褒めまくっているのは、苺より五つ年上の兄の健太《けんた》だ。

兄夫婦は昨年の秋に結婚したばかりの新婚だ。

いわゆる職場結婚というやつなのだが、真美に言わせると、健太は社内一かっこよくて仕事のできる、超エリート社員らしい。

妹には横暴な兄だが、妻には甘い。ふたりが結婚してから、それまで知ることのなかった兄の一面に触れるたびに、苺は度胆《どぎも》を抜かれたものだった。

「母さんが仕事に出てるから仕方ないとはいえ、ここんとこ、かなり大きくなったし……そろそろ家事は辛いんじゃないか？」

健太は真美のお腹を見つめ、心配そうに言う。自然と家族全員の目が自分のお腹に集まってしまったものだから、真美は恥ずかしそうに頬を染めた。

「苺がまともなものを作れればねぇ、この子に任せるんだけど……」

パクパク食べながら、節子がちらりと苺を見る。目が合った苺は、さりげなく視線を逸らした。

残念なことに、苺は料理が苦手なのだ。レシピ通りに作れば、それなりにちゃんとしたものができるはずだと母は言うのだが……なぜか破壊的な味になる。これは、苺本人にも解明できぬ謎である。

「苺の料理は食べられたもんじゃないからなぁ」

父の宏《ひろし》はのんびりと事実を口にする。おかげで、苺は兄と母から失笑を食らった。

「ほんと、この子には、一生お嫁の貰い手なんかないわね」

悪うございましたね。嫁の貰い手なんて、ありそうにございませんよ。

苺は唇を突き出し、心の中で呟いた。

歯に衣着せぬ毒舌も、血の繋がった家族だからこそ。何を言われたところで、いまさらなんてことない。

「なあ、いちごう。お前、本気で料理学校に通ったほうがいいんじゃないか？　いまのままじゃ、マジで結婚できないぞ」

真剣に妹の身を案じる健太の発言は、罵《のの》られるよりこたえた。

「わたしの名前、いちごうじゃないもん。苺だもん」

視線を向けずに文句を返し、箸で摘まんだおかずを口に放り込む。

健太は、苺のことを幼い頃から『いちごう』と呼ぶ。漢字で書くと、『一号』だ。

つまり苺は、健太の子分一号というわけなのだ。

まったくいい加減、妹のことを『いちごう』なんて呼ぶのはやめてほしい。

苺はロボットでもサイボーグでもないってんだ。

「料理学校ねぇ……行ったところで貰い手がなさそうだし、ここはやっぱり定職に就くべきだと、お母さんは思うけど」

その話題を持ち出され、顔が歪《ゆが》んでしまう。

苺は今年の三月、専門学校のデザイン科を卒業した。デザイン関係の職に就きたかったのだが、挑んだ会社はすべて不採用。結局、いまだにフリーターの身。

なんとか定職に就こうと就職活動は地道に続けているが、うまくいっていない。

健太からは、デザイン関係にこだわるからだと指摘されているのだが……とにかく、このままでは学費を出してくれた両親に申し訳ないし、立つ瀬がない。

ご飯が終わったら、また履歴書を書くとしよう。

夕食の準備を手伝うのが遅れたお詫びに、後片づけを一手に引き受け、苺は自分の部屋に戻った。

散らかった部屋を見て、思わず顔をしかめてしまう。片づけようと思ったが、「あーあ」と声を上げながら、ベッドにどさりと寝転がる。

ほんと、ちゃんと定職に就かなきゃなぁ。

天井を見つめて、思案する。

やはり、デザイン関係にこだわるのをやめるべきなのか？

よっしゃ。

跳ねるように起き上がった苺は、机を前にして座った。

いま君がやらなければならないことは、履歴書を書くことだよ、苺君。それがなければ面接にさえ辿り着けない。

とはいっても、面接はすでに両手の指には収まらないほど受けたのだが、受けた回数と同じ数の不採用通知が届いた。それを思うと、面接に挑むのはしんどい。けど……イチゴヨーグルトを食べるのにスプーンが必要なのと同じくらい、就職活動に面接は不可欠だ。

まだまだ記入する欄が残っている履歴書を見つめた苺は、ペンを置いて立ち上がった。ちょいと、気分転換しよう。明るい気持ちで書いた履歴書のほうが、きっと良い結果を招くだろう。

三連パックのイチゴヨーグルト、まだひとつ残ってたよねぇ～。

ルンルンとスキップを踏みながら階段を下り始めた苺は、スキップの足を踏み外し、ドドドッとものすごい音を響かせ、階段から滑り落ちた。よたよたしながらキッチンに辿り着いた苺は、イチゴヨーグルトとスプーンを手に取り、痛むお尻を撫でつつ階段を上がった。

イチゴヨーグルトは、いつもと同じようにおいしかった。階段を踏み外し、たとえお尻に痛みが残っていたとしても、しあわせをもたらしてくれる食べ物だ。

明日もアルバイトは休みだし、ショッピングセンターに行ってまたイチゴヨーグルトを買ってこなきゃ。そのついでに、いつもの宝飾店に寄って、キラキラたちも眺めて来るとしよう。

苺は、机の上に置いてある赤い宝石箱に手を伸ばし、蓋《ふた》を開けた。

この宝石箱は、何年か前に母親からプレゼントされたものだ。膨らみのある蓋のてっぺんに、イチゴの飾りがふたつくっついている。ほんとは、みっつついていたのだが、ひとつは取れてしまったのだ。取れたイチゴは、そのうち接着剤でくっつけようと思って、宝石箱に入れたまま。

宝石箱の中で、唯一本物の宝石のついたネックレスを、苺はそっと手に取った。

これを購入したのは一週間前の日曜日。明日行く予定の、ショッピングセンターの中にある宝飾店で買ったのだ。ガラスケースの中には、ほかにもいっぱい並んでいたのだが、これはまるでイチゴみたいだったから一瞬でハートを射抜かれて、衝動買いしてしまったのだ。

それ以来、出かけるときはいつも身につけている。これをつけていると、ほわほわっと楽しい気分になれるし、何かいいことが起きる気がするのだ。

小さくたって本物のルビーだもんね。なのに、たったの三千円。もちろん苺には大金だし、財布は軽くなってしまったけど……後悔はしていない。

けど、三千円とは思えないよね。

ネックレスのルビーの粒をほっぺたに押し当て、苺は至福の笑みを零す。すると彼女の左頬に、ぷくっとえくぼが浮かんだ。

翌日、日曜日の午後、ベッドに座ってちっちゃなガマグチ型の財布の中を覗き込んだ苺は、肩を落とし「はあっ」と、息を吐き出した。次の給料日までに最低限必要な費用を持ち金から差し引くと……イチゴヨーグルトはせいぜい一パックしか買えないな。

ネックレスを買っちゃったからなぁ。

イチゴヨーグルトだけは、毎日かかさず食べたいのに……昨日、最後の一個を食べてしまったから、買ってこないと今夜のお楽しみはなしということになってしまう。

今日って、特価とかじゃないかなぁ？

よし！　まずは広告の確認だ。

苺は部屋を飛び出し、ドダダダダッと階段を駆け下りた。昨日、足を滑らせたことなど、すでに頭から消え去っている。

「苺！　静かに下りなさい。階段の板が抜けたらどうするのっ！」

居間のほうから節子の怒号《どごう》が飛んできた。

騒々しい音を響かせた犯人を苺だと決めつけている母に対して、苺は唇を尖らせながら居間に入った。

「わたしじゃないかもしれないじゃん」

「はあっ!?　あんたじゃなかったら誰だってのよ？」

苺は居間に揃《そろ》っている顔ぶれを見て、あひゃっと眉を上げた。鈴木家の全員が勢ぞろいしている。

「いちごう。お前、やっぱ馬鹿だな」

健太から小馬鹿にするように言われて、苺はほっぺたを膨らませた。

「わたし、広告見たいんだけど」

「ここにあるぞ。ほれ、苺、こっち来て座れ」

やさしい父の言葉に、苺は笑みを浮かべてソファに座っている宏の隣に腰かけた。

広告を手に取った苺は、さっそく特価のイチゴヨーグルトを探した。

「イチゴヨーグルトなら、ショッピングセンターが安いわよ」

節子の情報に、苺は笑みを零《こぼ》した。

「ほんと？」

娘に対して小言が多く、一見厳しそうな母だが、実は苺のことを誰よりもわかってくれている。

「お母さん、サンキュー」

弾むようにお礼を言った苺は、ショッピングセンターの広告に目を通した。

イチゴヨーグルト三連パック、九十八円を確認し、思わずガッツポーズする。

よっしゃ！

「ほんじゃ、わたし、行ってくるよ」

「苺さん、買い物に行くのなら、わたしたちと一緒に車で行ったら？」

「ううん。いいのいいの。苺は愛車で行くよ。近いし。真美さんたちも、ショッピングセンターに行くの？」

「わたしたちはどこでもいいの。食品の買い出しに行くだけだから」

「真美さ～ん、気をつけないと……」

にやにや笑いながら、節子は忠告するように真美に声をかける。

母がにやついているわけも、忠告の意味も、苺は承知済みだ。

「母さん、別にいいだろ！　必要なもの買ってんだから」

健太は顔を赤らめて声を荒らげた。そんな健太に節子はしたり顔を向ける。

「そうよねえ。この間あんたが買ってきたおもちゃとか、まあ、あれも二年後くらいには必要になるわよね、きっと」

両親と妹の失笑を買い、健太はさらに顔を真っ赤にして睨み返してきた。

実は健太は買い物に行くたびに、赤ん坊のための品を買い込んでくるのだ。健太と真美の部屋は、すでにそれらでいっぱいになっているんじゃなかろうか。

「それじゃ、行ってくるねぇ」

苺はぴょんと立ち上がり、居間を出た。

「もう、広告広げたまんま！」

またもや母の小言が飛んできて、苺はペロリと舌を出しつつ、自分の部屋に戻った。


クローゼットを開けた苺は、迷うことなくいつものセーターを掴んだ。彼女のクローゼットには、たいして服はぶら下がっていない。バイト代だけの暮らしでは、服もそうそう買えない。母に生活費を渡すのは当然だし、貯金だってしたい。

だからたまに母と一緒に買い物に行って、リーズナブルな値段の服……特価品とも言う……を買ってもらうくらいだ。

いまのところ間に合ってはいるけど……新しい服も欲しいよねぇ。

やっぱり、なんとかして就職先を見つけなければ……正社員になれるように頑張ろう。正社員として就職できたら、服を買えるようになるし、家族にも色々買ってあげられる。

うん、就活頑張ろう！

セーターをベッドの上に置いた苺は、今度はタンスを開けて茶色のスカートを取り出した。これは真美に貰ったものだ。

身支度を終えた苺は、最後に宝物のルビーのネックレスをつけた。これでイチゴヨーグルトが売り切れてて、泣く泣く帰るハメになることはないだろう。

だって、こいつは、苺の幸運のアイテムだもんね。

苺は鏡を覗き込み、ネックレスの赤いルビーを見つめた。自然と顔が綻ぶ。

バッグを抱えた苺は、ウキウキしつつ部屋を出た。

愛車のピンクの自転車に颯爽《さっそう》と跨《また》がった苺は、ショッピングセンターに向かった。

十一月も下旬になり、風はそれなりに冷たいが、今日は日差しがあってまずまずのサイクリング日和だ。

ショッピングセンターの駐輪場に自転車を停め、いそいそと店内に入る。日曜日ということもあって、お客さんがいっぱいいる。

一番の目的は特価の三連パックのイチゴヨーグルトだが、その前にウィンドウショッピングを楽しむことにする。

冬物の素敵な服で溢れているショップを横目にしつつ、花屋の変わり種の植木鉢を観賞し、三百円均一ショップ、おもちゃ売り場、本屋を一通り回った。

このショッピングセンターは、とにかくテナントの数が多いから、見て回るだけでも遊園地のように楽しい。

通りかかった宝飾店にちらりと視線を向けた苺は、店員とばっちり目が合ってしまい、そそくさと素通りした。

この宝飾店は、すぐに店員が近づいてくるのだ。眺めるだけの客である苺は、まったく気が休まらない。単に眺めて楽しみたいだけなのに……近づいてこられたら、逃げ出したくなる。

その点、あの宝飾店は違うんだよねぇ。

苺がいま向かっているのは、こちらから呼びかけない限り店員は近づいてこない、なんとも気楽に立ち寄れる宝飾店なのだ。

もちろん、苺がいま首に下げている、このルビーのネックレスを買ったお店だ。

苺はスキップを踏みながら、通路を進んでいった。

2　待ちびと来たる　～爽～

今日の客の入りも、まずまずだな。

店のレジに立った爽は、店内を満足しつつ眺めた。そして、手元にある分厚いファイルを捲《めく》る。

このファイルには、彼が手がけている様々な事業の最新の報告書がまとめられている。

この報告書を作成しているのは、彼の片腕である藍原要《あいはらかなめ》だ。信頼に足る部下で、ミスをしたことなど、かつて一度もない。もうひとりの腹心の部下である岡島怜《おかじまれい》と共に、常に爽につき従っている。

ふたりとも有能で性格がいい。性格がいいといっても、やさしいとか、思いやりがあるということではない。気まぐれな爽の行動に造作なく対応できるほど、柔軟性があり機転が利くということだ。

「爽様」

要から呼びかけられ、爽はファイルから目を離さずに「なんだ？」と答えた。

「そろそろ休憩になさいませんか？　すでに三時を十分ほど過ぎておりますが」

控えめに促され、思わず顔をしかめてしまう。

実は三時ちょうどにも、同じことを言われていたのだ。だがそのときも爽は、スタッフルームに下がらなかった。

「今日は……喉《のど》も渇いていないし……休憩の必要はない」

さも報告書の確認に集中しているかのように答えたものの、要には何もかも見透かされているようで気まずい。

「そうですか。わかりました。それでは、怜を先に休憩させましょう」

「ああ、そうしてくれ」

半分上の空といった感じを装って、爽は返事をした。要はその場を離れ、店頭に立っている怜に近寄る。怜がスタッフルームに下がり、要が店内をゆっくりと回っているのを確認してから、爽は店の前の通路に視線を向けた。

来ないな……。

昨日も来なかったようだから、今日は来るかと思ったのに……やはり来ないのだろうか？　もしや、二度とやってこなかったりするのでは？

そう考えた途端、少々胸が疼《うず》いてしまった爽は、自分にむかついた。

別にどうだっていい。ただの客なのだからな……。

でも、ずっと観察してきたから……やはり来ないと、どうにも気になってしまうのだ。

もうどのくらいになるだろう。半年……というところだろうか？

いつからこの店に来るようになったのかは把握《はあく》していないが、爽が存在を知ったときから、彼女はほぼ毎週やってきている。必ず土日のどちらかだ。

仕種やら行動が、妙に面白いのだ。爽はいつの間にか彼女の来店を心待ちにするようになっていた。

彼女が必ず眺めるのは、要のアイディアで設置した、三千円均一の品を陳列《ちんれつ》しているショーケース。

三千円均一だけでなく、一万円均一と五千円均一のショーケースも並んでいるのだが、彼女が見るのは三千円均一のそれだけだ。

実は、要がこの提案をしてきたとき、さすがに三千円均一というのは低価格過ぎて、『ジュエリーFujiwara』にはふさわしくないと爽は反対した。だが要は、三千円均一をなくしては狙いが外れてしまうと説得してきたのだ。五千円では少々高くて若い購買層は手を伸ばしにくいけれど、三千円ならば、気軽に購入できるのでは、と。

それならばまずは三ヶ月限定で試して、状況をみて判断しようということにした。結果は悪くなかった。確実にお客が増え、売り上げも増した。

そして彼女がやってくるようになったのだ。三千円均一のケースにしか興味を示さない彼女が。

彼女は週に一度土日のどちらかに来店するのだが、店に入ってくるまでの動作がまずおかしい。店に近寄ると、いささか挙動不審に辺りを窺《うかが》い、それからそろりそろりとにじり寄ってくる。そして三千円均一のケースに張りつくと、楽しげに中を覗き込む。自分が他の客の邪魔になっていないか、店員が近づいてこないか、時々周囲を見回しながら、なにやらケースに向かってブツブツ言っているようだった。

彼女が何を言っているのか気になってならなかった爽は、そっと後ろに回って耳をすませた。そうしたら、ジュエリーのひとつひとつに小声で話しかけていたのだ。そう、こんな風に……

『おーおー、新顔。小粒な桃色ちゃん、かっわいいよ。うんうんよく来たねえ。いい場所に飾ってもらえてよかったねぇ。あっ、グリーンのこの子がはしっこにいっちゃったかあ。で、でも大丈夫だよ。はしっこってのは案外目立つんだからね、落ち込む必要なんぞないよ』

もう噴き出さないようにするのに必死だった。

だが、ケースの中の商品すべてを記憶してくれていることは驚きだった。ひとつひとつに声をかけて称賛したり励ましたり……

その割には、一度も購入してくれたことのないお客様ではあったが、ケースの中の商品たちにいい影響を与えてくれているような気がした。そしてそれを証明するかのように、三千円均一の商品たちは驚くほどよく売れていった。彼女は我知らず、スタッフ以上の働きをしてくれていたといえる。

そんな彼女に興味を抱いた爽は、色々と試してみた。一列置きに新しい品に入れ替えてみたり、ひとつだけ残してあとは全部新しいものにしてみたりして、彼女の反応を楽しんだ。

正直、もう眺めているだけでは物足りなくなってきている。

少し前のことになるが、近づいていったら慌てて逃げ去ってしまったため、それ以降、声をかけることは断念した。もちろん要と怜にも、決して声をかけないよう申し渡した。忙しいときに応援に呼ぶスタッフたちには、要経由で命じた。

せっかくのお楽しみを、みすみす失いたくないからな。

まあ、あれだ……私にとって、あれは動物園のパンダ的存在だな。いつもすっぴんだし、見た目は冴えないが……

この店のジュエリーを眺めに来るくらいなのだから、おしゃれに興味がないわけではないだろう……

あーっ、思う存分、弄《いじ》りたい。弄り倒したい。

だが、なんの接点もないのに、いくらそんな衝動に駆られても無駄なこと。来店したところで声をかけたりしたら、飛んで逃げてしまい、二度と来なくなるに違いない。

考えれば考えるほど、自分の思うようにならないことに苛立ってならない。あまり気は進まないが、部下に身元を調べさせるか？　せめて名前が知りたい。

頭の中で思いつく名前を、冴えない彼女に当てはめては、これは違うなと首を横に振る。

そんな意味もない作業に夢中になっていた爽は、要が歩み寄ってきたのに気づき、顔を向けた。

「爽様。大奥様より、またお電話がございました」

その報告に、眉を上げて「それで？」と聞き返す。

「はい。爽様の指示通り、お答えしておきました」

その返事を聞いた爽は、祖母の羽歌乃《わかの》を思い浮かべてくすりと笑った。

昼食会という名の見合いに、いつものように爽を巻き込もうとしていた祖母だったが、彼にドタキャンされ、今頃、火を噴いて怒り狂っているだろう。

この店に怒鳴り込んできたりしないように、手は打っておいた。祖母は、彼がここにいるとは思っていない。吉田に足取りがつかめなくなったと伝えろと言っておいたのだ。そして要と怜にも、祖母から連絡があったら、ここにはいないと伝えるよう、命じておいた。

罪の意識を感じる必要もないだろう。悪いのは、勝手な計画を立てて彼を巻き込もうとした祖母なのだから。

「爽様」

声を潜めて再び呼びかけられる。

「何かあったのか？」

同じように声を潜めて問いかけると、要がさっと顔を向ける。要の視線の先を辿った爽は、ハッと目を見開いた。

——冴えない彼女だっ！

3　激しく誤解　～苺～

宝飾店に辿り着いた苺は、三千円均一のショーケースに近づいていった。

店には苺の他にもお客が数人いて、店員に相手をしてもらっているひともいる。

宝物のルビーのネックレスのお仲間を眺めた苺は、思わずむふっと笑う。

先週の日曜日まで、この子もここにいたんだよねぇ。

いつものように新顔がいくつかお目見えしている。このお店、マメに商品を入れ替えているようなのだ。

新顔たちを新入生を迎える気持ちで眺め終えた苺は、五千円均一のケースに目を向けてみた。

これまで三千円均一のケースしか見てなかったけど……あっちの連中も、ちょっくら眺めてみようかな？

おおおっ！　二千円プラスされただけなのに、ずいぶんと石が大きいし、チェーンもしっかりしてる。おまけにデザインも凝ってて素敵だし……

「いつもありがとうございます。どれかお気に召したものはございましたか？」

ガラスケースの中のジュエリーを、一個一個確認するように眺めていた苺は、よく響くソフトな低い声を耳にし、ぎょっとして顔を上げた。

苺に微笑を向けるこの男性は、たぶん、ここの店員なのだろう。

背が高く、すらりとしていて、スーツが滅茶苦茶似合っていた。そして、その身から光を発しているかのごとく、眩しい。店のライトが全部彼に向いているのではないかと、マジで疑ったくらいだ。

こ、このひと、ほんとにただの店員さん？　やたら高貴な匂いがするっていうか、まるで貴族って感じだ。

突然胸に異変を感じ、驚いた苺は思わず胸を押さえた。

なんか知らぬが、胸がブルブルッと震え始めたのだ。

ありりっ？

まるでマナーモードにしている携帯が鳴ってるみたいに思えるんだけど……ま、まさかだよね？

いくら苺がおっちょこちょいでも、ブラの中に携帯電話など入れてはいないはずだ。

おかしいなぁと思いつつ、目の前の店員に意識を向けた苺は、びっくりした。

オーラを背負っている高貴で貴族っぽい店員の視線が、まっすぐに苺の首元を捉えている。

えっ、えっ、えっ？　な、な、なんだ？　このひと、もしや首フェチとか？

無意識に自分の胸をまさぐっていた苺の手は、当然だが、携帯など探し当てたりはしなかった。

け、携帯、バッグの中だよね？

彼女はバッグの口を開けて、中を覗きこみ、携帯電話がいつものように転がっているのを確認した。

焦って携帯電話を引っぱり出したせいで、ポケットティッシュと、白い封筒が落ちた。

貴族のようなそのひとは、さっと屈んでそれを拾ってくれる。

「ああ、そうでしたか」

お礼を言おうとした苺は、きょとんとした。

その言葉には、どうしてかひどく納得したような響きが感じられたのだ。

な、なんだ？

「早く言ってくだされば……さあ、こちらへ」

店の奥へと促され、苺は困惑した。なんのことやらさっぱりわからない。

「え、え、あ、あの……」

「履歴書ですよね？　これ？」

店員は、手にした封書を苺の前にかざして言う。

確かにそいつは、昨夜苺がせっせと書いた履歴書だ。いついかなるときでも、正社員募集の求人に対応できるようにバッグに入れておいたのだ。

「面接においでだったんですね。わかりました、すぐに始めましょう」

へっ？　め、め、め、面接？　な、なんか激しく誤解されたようだ。

これは、とんでもないことになった！

並んで歩いている店員を、苺は恐れの眼差しで見つめた。その右手には、苺が書いた履歴書が握られている。

違うんです！

そう言いたかったが、口を挟む隙も与えられなかった。

４　馴染みのない反応　～爽～

口元に、どうにも笑みが浮かんでしまう。

こんな事態になるとはな。

いま、爽の隣には、彼の興味を引いてならない例の冴えない彼女がいて、スタッフルームに向かって並んで歩いている。声をかけたくてもかけられず、眺めているしかない状況にさんざんいらいらしていたのに……

爽は手にしている封書を見つめ、胸の内でにやついた。

まさか、彼女が履歴書を持っていて、しかもまるで私にチャンスを与えるように、バッグからそれを落としてくれるとは……

にしても、自分がいなかった先週の日曜日に、彼女がネックレスを購入していたなんて……思いもよらないことだった。

彼女がやってきたのを確認したところで、要は、たったいま思い出したというように、そのことを報告してきたのだ。

どうしてもっと早く報告しなかったのかと文句を言ったら、『報告を望まれていたのですか?』と、ひどく意外そうに聞き返された。

まったく、要のやつめ……相変わらずいい性格をしている。

私が彼女に対して、並々ならぬ興味を抱いていると気づいているくせに……

とにかく、彼女がネックレスを購入したと知り、爽はそれをきっかけにして、声をかけてみることにした。

いままでは話しかけた途端、飛んで逃げてしまうだろうと思ってためらっていたのだが、購入してくれたのならば、近づいても大丈夫なのではないかと考えたのだ。

彼女に対応したのは、要でも怜でもなく、応援のスタッフだったらしい。そのとき要はスタッフルームにいて、用事を済ませて店内に戻ってきたら、彼女がレジに立っていたのだそうだ。

『驚きましたよ』と言いながら、要は少しも驚いた表情など見せずに報告した。

もどかしくてならなかった。できることなら、この目で一部始終を見たかったのに。

彼女がどんな風に店員に声をかけたのか……購入するネックレスを決めてから店員を呼んだのか……それとも、店員にどれがいいだろうかと相談したのか……

あー、腹立たしいな。

彼女の対応をしたスタッフの首を、この手で絞めてやりたい衝動が湧き起こる。

要ときたら、彼の考えを察知したのか、スタッフの名前を言わなかった。

まあ、知らないほうがいいのかもしれないな。首を絞めないまでも、遠い異国の支社にでも飛ばしたくなるかもしれない。

「さあ、どうぞ」

スタッフルームのドアを開け、爽は彼女に入るように促した。

首元のネックレスに、また目がいってしまう。小さなルビーのネックレス。

実は少しだけ意外に思った。彼女の雰囲気からいえば、淡い桃色とか、水色とかを好みそうだが。

「あ、あのっ……その……」

彼女が動揺した声を上げ、爽は考えにふけるのを止めて気を引き締めた。さっさとこっちのペースに引きずりこんでしまったほうが都合がよさそうだ。まずは、そう簡単に逃げられないように、スタッフルームに閉じ込めてしまおう。

爽はドアの前で動かない彼女の背中にそっと手のひらを当て、部屋に押し込めた。

「では、そこに座ってください」

ドアから一番遠い椅子を指し、爽は彼女に言った。彼女は小動物のように怯えながら、椅子に浅く腰かけた。

爽はドアに近い椅子に座り、封筒から履歴書を取り出した。

ここ最近感じたことがないくらいの胸の高鳴りを覚える。

彼女の名前がついに……

履歴書を開いた爽は、名前の欄にさっと目を落とした。

鈴木……苺。い、ち、ご……？

思わず、履歴書を凝視していた爽は、ハッと気づいて顔を上げた。

彼女はもじもじしながら、視線をあちらこちらへ、さ迷わせている。

『苺』

試しに、心の中で呼んでみる。

うむ。苺という名は……案外悪くないな。パッと見ると冴えない彼女だが、こうして間近に見ると……そう悪くない。唇の形もいいし、肌も白くて綺麗だ。

落ち着きなく動いていた瞳がこちらに向けられそうな予感がして、爽は彼女から視線を逸らし、再び履歴書を読む。

彼女が自分を見つめている気配を感じ、妙にそわそわしてしまうが、爽はそっと彼女に視線を戻した。

彼が手にしている履歴書を見ている。どうやら少し落ち着いたようだ。

「鈴木苺さん」

「は、はいっ」

面接官らしく呼びかけると、鈴木苺は慌てふためいたように返事をし、ぴょこんと飛び上がった。そして、焦《あせ》って姿勢を正す。その一連の反応に笑ってしまいそうになり、爽はぐっと堪《こら》えたが、どうにも口元がピクピクと震えてしまう。

やはり、面白いな。仕種ひとつで、これほど笑いを誘われるとは……

笑いを堪えている彼に気づいたのか、彼女は頬を真っ赤に染めてうつむいてしまった。

赤く上気した顔はずいぶんと可愛らしい。名前のせいか、イチゴを連想してしまう。

さて、さっさと面接を進めたほうがよさそうだ。

「私はこの店の店長で、藤原と申します」

「あっ、はい。よっ、よろしくで……おっ、お願いする……で、です」

おやおや、どうやらずいぶんと上がってしまっているようだな。ならば、あまり緊張させないように、もっとソフトな対応をしたほうがいいかもしれない。

慎重に対策を練りつつ、履歴書に目を通す。

おや？　就職活動中の学生なのかと思っていたら、すでに働いているようだ。

転職を考えているのだろうか？

「専門学校を卒業されて、いまはこの会社にお勤めされているわけですか？」

紙器製作所と書いてあるが、どんな仕事なのかピンとこない。

「は、はい。アルバイト……なんですけど……」

「アルバイト？」

「はい。その……正社員では、なかなか雇ってもらえなくて」

それで、就職活動をしているというわけか？　自分にとっては、嬉しい状況だ。

彼女は恥じらうように言う。

「そうですか。いまの仕事は？　すぐに辞められるのですか？」

その問いかけに、彼女はごくりと唾《つば》を呑み込んだ。

「せ、正社員で雇っていただけるところがあったら、いつでも辞めるで……ま、ます」

辞めるで、ます？　彼女の言葉が頭の中で再生され、危うく噴き出しそうになる。

「いまの仕事に不満が？」

噴き出す前に、爽は急いで次の質問をする。

「いえ」

彼女は顔の前で手を横に振って、否定する。

つまり、不満はないということか？

「仕事はとっても気に入ってるんです。お菓子の箱を作ってる工場で……綺麗な紙をハサミで切ったりとか……まるで工作の時間みたいな仕事で、楽しいんです」

表情から窺《うかが》える限り、いまの仕事をとても気に入っているようだ。

バイトでなく、正社員として雇われていたら、転職したいなどとは考えなかったに違いない。

ラッキーだったな。

だが、彼女はたまたま履歴書を落としただけであり、この店で雇ってもらおうと思っていたわけではない。履歴書を拾った自分が、強引に面接へと引きこんだのだ。

社員として雇うのならば、ここに勤める気はあるだろうか？

宝飾店の店員という仕事を嫌がったりしないだろうか？

それに、爽自身にも、経営者としての理念がある。ここで働く気があるのならば、彼女がこれまでスタッフに求めてきたのと同じ能力を彼女にも求めたい。

爽個人の願望と、経営者としての信念が、心の内で激しくぶつかり合う。

「宝石には興味がおありですか？」

爽は気を取り直して質問した。彼女は、困ったように顔をしかめる。

これは……マズイ質問をしてしまったか？

「あ、あのっ」

何か言おうとしたようだが、口を開いたまま彼女は固まってしまった。

爽はこの場を和ませようと彼女に話しかけた。

「そのネックレスは、ここでお買い上げいただいたものですね」

彼女がハッとした表情をし、次の瞬間、大きく微笑んだ。

爽は思わず息を止めた。

口元近くの左頬に現れた可愛らしいえくぼ。それを目にした途端、胸がキュンとし、このまったく馴染みのない反応に、爽はどきりとした。

「は、はい。宝石にはあまり興味なくて、やっぱり高いし……」

宝石に、興味がない？

「で、でもですね、ここの三千円均一なら買えるなって」

そう言って、またにこっと笑う。再び現れたえくぼに、心を持ってゆかれそうになる。

「これつけてると、ウキウキするんです。なんかわかんないんですけど、元気をもらえるんです」

その言葉を聞いた爽の胸に、細かな震えが走った。

ちょっと前まで、興味の対象でしかなく、冴えない彼女だとばかり思っていたのに……この笑顔、左頬のえくぼ……そしてなにより、いまの言葉が、爽の魂に衝撃を与えた。

「それは嬉しいですね」

そう口にし、爽は口元に笑みを浮かべた。

「そ、そうですか？」

「ええ」

欲しい……彼女が……鈴木苺が……どうしても欲しい。

5　これって何？　な面接　～苺～

藤原と名乗った貴族のような店長の微笑みには、少しばかり苦味が含まれていて、苺のハートをときめかせた。

ビターチョコみたい。それに、このひと、男のひとなのに、驚くほど綺麗な手をしてる。指も長くて……その指が動くさまは、なんともいえない色気があって……

「土日祝日も、仕事をしていただけますか？」

指を凝視していた苺は、その質問にハッと顔を上げ、あたふたと姿勢を正した。

「は、はい。もちろんしていいただけ……い、いえ、するで……し、します。できます」

焦《あせ》って言い間違えてしまい、さらに墓穴を掘りまくり、苺は顔をしかめた。

敬語をうまく使えないことは、よく指摘される。だが、うまいことしゃべろうと思えば思うほど、おかしなことになるのだ。宝飾店なのに敬語も満足に使えないのでは、当然不採用だろう。

ああ、もうこの面接も終わりが見えちゃったな。

そう考えた苺だが、釈然としない気分になる。別に彼女は、この店に面接に来たわけではないのに、これで不採用になったりしたら、気まずくてもうここには来れなくなりそうだ。

「そうですか。……しばらくは準社員として働いていただくことになりますが、よろしいでしょうか？」

藤原店長は申し訳なさそうに言う。苺はただただ驚いた。

そ、それって……？　敬語が使えないせいで、この面接も不合格だと思っていたのに……

採用？　面接、合格？　合格なの？

「は、はい〜っ」

ついつい、声が裏返る。

お、おちつけ〜、おちつけぇ、苺ぉ〜。

「給料は月に二十五万。ボーナスは夏と冬、それぞれ二ヶ月分程度ということで」

苺はその説明に目を丸くした。いや、冗談でなく、目玉が飛び出たかもしれない。ボーナスという言葉に、心が舞い上がる。
ボ、ボーナス！　ボーナス！　な〜んていい響きなの。
頭の中で、八分音符がぴょこぴょこ跳ね回る。

給料の二ヶ月分ということは……一回、ご、ご、ごじゅう……まん？　まっ、マジでぇ？

「住居も、この近くの物件を提供できますが」

「はいっ？　じゅ、じゅうきょ？」

意味がわからず、苺は目をパチパチさせた。

「賃貸のアパートですよ。こちらが提供する住居であれば、私のほうで賃貸契約をし、家賃もこちらで振り込みますが」

もう絶対、苺の目玉は飛び出たに違いない。びっくり仰天、ゴボウ天。

「そ、そんなおいしい話、あるですか？」

あまりに突飛な話に、思わず飛びつくように口にしてしまう。

「は？」

藤原は呆気《あっけ》にとられていたが、その直後、上体をねじって口元に手を当て、くっくっくっと笑い出した。

おいしい話という表現は、そんなにもおかしかったのか？

「おいしい話、受けますか？」

改めて真面目な口調で尋ねてきたが、その目元には、楽しそうなからかいの色が浮かんでいた。それを見た苺は、上品すぎて気後れしてしまっていた藤原に対して、ちょっぴり親しみを感じた。

「う、受けたいです。よろしくお願いしますです」

「鈴木さん」

「は、はい」

「明日から、というのは無理ですか？」

「あ、明日ですか？」

「ええ。午前中にバイト先は辞職されて、午後から」

「ははぁ」

あまりにも急すぎる話に、呆けた返事をしてしまう。

「午後からが無理でしたら、ここに連絡してください」

藤原が差し出してきた名刺を苺は受け取った。

「それから、休みは月曜日と木曜日になります。ただ、今週だけは金曜日ということで、構いませんか？」

「はい。ぜんぜんそれで構わないです」

「住居は、間取りですとかご希望はありますか？」

受け取った名刺を見ようとしたが、そう問われて反射的に顔を上げる。

「ワ、ワ、ワンルームでお願いしますっ」

声をうわずらせながらも右手をさっと上げ、苺は元気よく答えた。

「ワンルーム……ですか？」

「はいっ」

苺は心を躍らせながら頷いた。

「鈴木さん」

「はい」

「笑って」

不意をつかれ、苺はぽかんとした。

「笑ってみてください」

笑みを浮かべ、藤原は重ねて言う。

こ、これは、営業スマイルの練習というやつか？　よ、よしっ。ここは思い切って、精一杯の営業スマイルを……

苺は、にはっと笑った。

そのとき、細くて綺麗な指が伸びてきて、その指先が苺のえくぼのくぼみにつっこまれた。

こ、これって、何？

な、なんでいま、苺はほっぺたをつつかれたんだ？

「では、鈴木さん、これからよろしくお願いします」

「よ、よろしくお願いするです」

立ち上がった藤原を見て、苺も慌てて立ち上がる。クエスチョンマークを頭に浮かべたまま、苺はぺこぺこと頭を下げたのだった。

6　緊急避難　～爽～

「そ、それじゃ、あ、あの、これで」

店頭まで一緒についていった爽に、彼女はぺこんと頭を下げる。

「ええ。明日の午後、お待ちしていますよ」

そう口にしてしまい眉を寄せる。いまの言葉、雇い主としては適切ではなかったか。

それでも、私にとって、この鈴木苺は……単なる従業員ではないからな。他の者達とは態度や言葉遣いが違うものになるのは致し方ないだろう。

ぺこぺこと繰り返し頭を下げた苺は、くるりと背を向けた途端、全速力で走り去っていった。呆気《あっけ》にとられた爽は、彼女の姿が視界から消えてから、ようやく我に返った。

面白い！

心の中で叫ぶ。

これは、パンダよりランクが上だな。突飛な行動が、私の興味を際限なくかき立ててくる。たかが面接が、こんなにも楽しいなんて。

面接中のことが思い出され、噴き出しそうになる。

自分の提示する雇用条件に、彼女ときたら、いちいちびっくり顔をするのだからな。

作り物ではない驚き、純粋な反応……なんというのか……心地いい。

それにしても、あの片えくぼ……あれは反則だな。あんなものを隠し持っていたとは思わなかった。

笑顔になった途端、出現したえくぼに、してやられた気がする。

あー、明日からが楽しみだ。早く明日になればいいのに。

胸が弾むという現象を愉快な気分で味わいながら、爽は踵《きびす》を返す。そのままスタッフルームに戻ろうとした彼は、要が自分を見ていることに気づいた。目が合った瞬間、要はスマートに軽く頭を下げる。

こいつ……

冴えない彼女……鈴木苺が現れてからいまに至るまで、爽は彼女に気を取られ、他のことはすべて意識から消えていた。

彼女に声をかけ、履歴書を拾い、スタッフルームで面接をしたわけだが……

要は、爽とは違う意味で、これは面白いことになったと思っているに違いない。

爽は要に歩み寄っていった。来ることがわかっていたように、要は爽を迎える。

「来い」

足を止めずに声をかけ、ふたりはスタッフルームに向かう。

テーブルの上の履歴書を取り上げた爽は、要に向けて口を開いた。

「準社員として雇うことにした」

事務的に伝えた爽はデスクチェアに腰かける。

「そうですか」

「明日の午前中までに社員証と必要書類を揃《そろ》えておいてくれ。彼女は明日の午後、来ることになっている」

「了解しました。では、明日の月曜日は、爽様も午後にはこちらにいらっしゃる。……ということですね？」

意味深な口調の要に内心むっとしつつも、爽は平静を装って「ああ」と答えた。

「仕事に戻ってくれ」

ノートパソコンを起動しながら要に命じる。

「爽様」

「なんだ？」

「準社員として雇われた、とのことですが……」

要は首を傾げながら口にする。

「それが？」

「あの方に対して、我々藤原カンパニーのスタッフは、今後どのように対応すればよろしいのでしょうか？」

即座に返答できなかった。澄ました顔で爽の返事を待ち続けている要に、苛立ちが湧く。

「彼女は……」

そう口にしたものの、なんと答えて良いものかわからず口ごもる。要は軽く頷き、続きを待っている。

「だからこの店の準社員だ。お前と怜をのぞく他のスタッフとは別物だ」

「つまり……それは……この店の、店長というお立場の爽様の部下であり、私や怜と並ぶ位置付けと、受け止めればよろしいのでしょうか？」

要や怜と並ぶ位置付けとは、藤原カンパニーを統括《とうかつ》している爽の直属の部下ということ。だが実際に、鈴木苺をそんな大層な地位に据えるわけではない。

「ああ、それでいい。それから言うまでもないだろうが……彼女の指導は、私が行う」

「わかりました」

要は頭を下げ、爽の前から下がろうとしたが、「爽様」と再び声をかけてきた。

「お名前を、お聞きしておきたいのですが」

「鈴木苺だ」

要は小さく頷いたあと、少し考えてから、「鈴木さん、と呼ばせていただこうと思いますが」と言う。

「ああ、それでいい」

「では」

頭を下げて要が店に戻ったのを確認し、爽はふっと息を吐いた。

有能なやつだが……それ以上に厄介なやつだ。とはいっても、その厄介さが気に入っているのだが……。おとなしく、言いなりになっているだけの部下では、つまらない。

口元に笑みを浮かべた爽は、パソコンのキーを素早く叩き、彼の所有している物件の中から、彼女に提供する住まいを探し始めた。

このショッピングセンターにほど近い、アパートかマンションというと、だいぶ数が限られるし、空室となればなおさら少ない。彼女はワンルームが希望と言っていたが、ワンルームに空きはなかった。

2LDKしかないが……広いぶんには文句は言わないだろう。

突然、胸ポケットの中で、ビーッビーッという警告音が鳴り始めた。

即座に立ちあがった爽は、ノートパソコンを閉じて脇に抱え、スタッフルームの裏口から飛び出した。

この警告音は、緊急を知らせるためのものだ。要か怜が、爽とすぐに連絡を取りたいときなどにも使用されるが……。今回は、まず間違いなく、祖母がやって来たのに違いない。

祖母が勝手に計画した、昼食会という名の見合いを無視したことに対して、文句を言うために。

店頭に出ていなくてよかった。

爽はほっとしつつ、従業員専用通路を通り、外に出た。

羽歌乃が来てしまった以上、このままショッピングセンターの中にいるのは危険だ。爽を探してショッピングセンターの中を見て回るかもしれない。だが、こういうときの避難場所は確保してあるから、なんの問題もない。

避難場所であるマンションは、ショッピングセンターから車ですぐだ。パソコンも持ってきたし、仕事に支障はない。

マンションに到着し、部屋に入った爽は、まずはティータイムにしようと紅茶の準備を始めたのだった。

7　破顔で快走　〜苺〜

二十五万……ワンルーム……ボーナス二ヶ月分……二十五万……ワンルーム……ボーナス二ヶ月分……

呪文のように繰り返し唱えていた苺は、背中に衝撃のようなものを感じて、ふと立ち止まった。

「ちょっと‼　あんたどうしたのよ？」

母の大声に、苺はビビった。

「なっ、何？　どっ、どうしたの？」

節子が怪訝《けげん》そうな顔を向けてくる。どうやら先ほどの衝撃は母の大声だったらしい。

ありょっ？　苺、いったい、いつの間に家に戻ってきたんだ？

「どうしたのはこっちのセリフよ。さっきから呼んでんのに、ぼけっとして、この子はぁ」

「あ。ごめん。頭の中いっぱいでぇ〜」

そう口にした苺は、にへらっと笑った。

「な、何よ、気味の悪い子ねぇ」

「引っ越すの」

嬉しさのあまり、思わず口にしてしまう。

「引っ越すって、誰が？」

「わ、た、し」

リズムをつけて言う。

「はぁ？」

怪訝《けげん》そうな節子の顔は、非常に面白かった。

「あはははは」

「何を笑ってんのよ」

「だって、お母さんの顔、面白……いてっ！」

ぺしっと頭を叩かれ、苺はほっぺたを膨らませた。

「あほらし」

節子はそう言うと、苺に構わず、背を向けて歩いて行ってしまう。

「お、お母さんってばぁ」

引っ越しするって言ったのに、なんで話を聞かずに行っちゃうのだ？

苺は自分の部屋に向かおうとして、眉を寄せた。

そうだったよ。苺、いったいいつの間に家に戻ったんだ？

思い出そうとしてみるが、まったく記憶がない。

ショッピングセンターの宝飾店で、わけのわからないうちに面接して、準社員として雇ってもらえることになって……

給料が二十五万円で、ボーナス二ヶ月分で、ワンルームにタダで住めて……

苺は唇を突き出した。

な、なんか、現実味が急激に薄まってゆくぞ。

ショッピングセンター……苺、行ったよね？

苺は腕を組んで首を捻《ひね》った。

なんか、めちゃくちゃおいしすぎる話だよね？　ありえなくないか？

自転車漕《こ》いでショッピングセンターに行ったのは……夢じゃないよね？

苺は眉を寄せ、玄関でサンダルをつっかけると、そのまま外に出た。

ありょっ？　苺の愛車は？　バイト代で買ったピンクの……

庭のどこにも、苺の愛車はなかった。

なっ、なんで？　あれっ？　そういえば……苺、ここまで歩いて帰ってきたような気がする。

う、うそーっ、愛車置き去り？　もちろん、ショッピングセンターだよね？

どっと疲れを感じて、苺はその場にしゃがみこんだ。

宝飾店での、突然の面接……あれは、夢か？　幻なのか？

そ、そうだ。あのひとから、名刺をもらったじゃないか。

慌ててスカートのポケットを探ってみたが、何も入っていない。

おっ、おかしいな。どこにやっちゃったんだろう？　バッグの中かな？

バッグを開けて探したが、それらしきものはない。くちゃくちゃの紙屑が転がってい
るのを見て、苺は眉を寄せた。

なんだ、この紙屑？

「いちごう。お前、何してんだ？」

紙屑を取り出そうとしていた苺は、突然声をかけられ、ハッとして顔を上げた。兄夫
婦が、じっと苺を見つめている。買い物から帰ってきたところらしく、健太は両手にレ
ジ袋をぶら下げていた。真美は、バッグだけだ。

お兄ちゃんは、妻に対してはやさしいよね……妹は子分扱いだけど……別にいいけど
さ……

「買い物、行ってきたの？」

そう問いかけながら、バッグを閉じる。

「ええ。今日はおいしそうな鱈《たら》があったから、野菜あんかけにでもしようかと思うの」

「へーっ、おいしそうだね」

「真美は、何を作らせてもうまい」

「もう、健太さんったらぁ。苺さん、ピーマンともやし好きだものね。いっぱい入れてあげるわね」

「うん。真美さんやっさしぃー、だーい好き！」

真美に飛びつこうとした苺は、ぐいっと健太に襟首を掴まれた。

「う、ぐ、ぐ、ぐるじぃ」

「真美は妊婦なんだぞ、飛びつくんじゃない」

叱られて、むっとする。

あーっ、この憎たらしい兄に、宝飾店の準社員になったのだぞと言ってやりたい。給料が二十五万で、ボーナスが二ヶ月分で、ワンルームにただで住めるんだぞと自慢したい。けど……それが現実なのか、いまや定かではない。言いたくても言えやしない。

「健太さんってば、大丈夫よ」

「いや。お腹の子と君に何かあったらいけない。注意しすぎるくらいがちょうどいいんだ」

「もう、健太さん」

真美は夫の過保護っぷりをちょっぴり責めながらも、嬉しそうだ。ふたりの周りには、桃色のハートがぷかぷかと飛び交っている。……アホらしくなってきた。

甘々シーンが展開されてゆくのをぼけっといつまでも眺めていられるほど、苺は暇ではないのだ。

　彼女はふたりの横をすり抜けて、門に向かった。

「おい、いちごう、お前こんな時間に出かけるのか？」

「自転車置いてきた」

　苺は小さな声でぼしょぼしょ言った。

「は？　なんだって？」

　苺は振り向きざま、大声で「自転車置いてきた！」と八つ当たりのように叫んだ。

「どこに？」

「ショッピングセンター」

　苺はまたぼしょぼしょ言った。

「なんだって？」

「ショッピングセンターだよ！　乗ってったの忘れて置いてきちゃったから、取りにいくんだよ！　文句あっか？　べーっだ」

　むかつきに任せて健太に舌を出した苺は、報復を受ける前にその場から逃げ出した。

「なんだぁ、いちごうの野郎」という健太の声が、背後で聞こえた。

　自転車なら五分で着くショッピングセンターだが、歩くと十五分ほどかかる。

　黙々と歩きながら、どうにも情けなくなってきた。

わたし、何やってるんだろ？　でも、あの面接……現実だと思うんだけどなぁ～。

結局、貰ったはずの名刺も消えちゃってるし……

けど夢じゃないって、苺。ほら、自信持ちなよ。

自分を一生懸命元気づけたが、苺の中の苺は返事をしなかった。

ショッピングセンターにようやく辿り着いた苺は、宝飾店に向けてトボトボと歩いて行った。

遠くから宝飾店を窺《うかが》うと、スーツ姿の男性が、お客さんの相手をしている。

あのひとが店長さんだったっけ？　なんか違う気がする。……どうしよう？

さっき、面接してもらいました鈴木ですけど、わたし、採用してもらえましたよね？　って、聞く？

ちょっと、馬鹿っぽくないかな？

そう問答しているうちに、苺は避けることができない現実にぶち当たった。

宝飾店の店員なんて、自分に務まるのか？

うわーっ！　わたし、店員なんて、生まれてこの方、したことなかったよ。そのこと、ちゃんと言うべきだったんじゃ？

け、けど、店長さんは苺の履歴書を見たんだし……わたしが接客未経験なのはわかっているはずだ。

不安に思わなくていいんだよね？　雇うって決めたのは向こうだしさ……

なんでもいいから、もう一度やってきた、もっともらしい理由を考えないと。

わたしがやって来たのに気づいて、声かけてくれないかな？　顔さえ見てくれたら、きっと声をかけてくれるんじゃないかな？

よ、よしっ。

決心し、ごくりと唾を呑み込む。

わたしの顔を見て、なんの反応もなかったら、あれは夢だったってことだ。そしたら回れ右して帰ればいい。

ためらいながら宝飾店に近づく。

そうこうしているうちに、目指していた相手と目が合った。

ち、違う！

さっき面接してくれた藤原ではない。藤原は貴族のようなひとだったが、このひとはお侍みたいに凛々《りり》しい顔立ちをしている。

凛々しいそのひとは、苺をじっと見て、さっと歩み寄ってきた。

カッツカッツと響く足音は、やけに迫力があって、苺は身を竦《すく》ませた。

「どうなさいました？」

真顔で聞かれ、苺は動転した。

「あ、あ、あのっ。さ、さっきまで、店長さんがいて……」

「店長は、ただいま外出しておりますが」

「そっ、そうなんですか？　失礼しましたぁ～」

苺はしどろもどろに言い、後ずさりながら店から出ようとした。

「鈴木さん」

名を呼ばれたことにびっくりして、苺は足を止めた。

なっ、なんでこのひと、わたしの名前知ってんだ？

「鈴木さんですよね？　明日から勤めていただくことになった」

その言葉は、苺を一瞬にして天国へとワープさせた。

ほら、ほらっ、ほんとだった。ほんとだったんだよ、苺っ！

二十五万円のお給料も、ボーナス二ヶ月分も、ワンルームも夢じゃなかった！

「ありがとうございますっ！」

苺は勢いよく頭を下げ、凛々《りり》しい顔立ちをぽかんとさせている店員に背を向け、店の外までダッシュした。

すべて現実だよ。夢なんかじゃないんだよ。自信持っていいんだよ、苺。

苺は自転車置き場まで愛車を迎えにいき、軽やかに飛び乗ると、破顔したまま家まで快走したのだった。

8　食えない腹心　～爽～

「爽様、いましがた、鈴木さんがおいでになりましたよ」

祖母が自分の屋敷に戻ったとの情報を得て店に戻った爽は、その要の報告に眉を上げた。

まさか、ここでは働けないと、断りにきたのか？

「それで？」

彼女との繋がりが、あっけなく切れてしまったのかと動揺しながら、爽は要に話の続きを催促《さいそく》した。

「話しかけてみましたら、爽様のことを探しておられるようでしたので、外出されていると伝えました」

「それで、どうしたんだ？」

「はい。困ったようなお顔になり、そのまま帰ってしまわれそうになったので、名前を呼んで呼び止めましたら……」

「呼び止めたら、どうしたんだ？　要、もっと簡潔に話せないのか？」

要の説明がまどろっこしく感じて、つい不満を口にしてしまう。要はくいっと眉を上げた。

「簡潔に話してよろしいのですか？　それでしたら……」

爽は慌てた。

「いや、悪かった。詳しく話してくれ。それで、呼び止めたら？」

「はい。呼び止めましたら、まるで、自分の名前ではないというような驚きの反応をなさったので、私も少々自信がなくなりまして……」

やはり、まどろっこしい。爽は苛立ちながら、「それで？」と、さらに催促した。

「はい。確認のために、明日から勤めていただくことになった鈴木さんですよね？　と、お尋ねしました。そうしましたら……」

「ああ、そうしましたら？」

イライラを募《つの》らせながら、おうむ返しに聞く。

「可愛らしい笑みを……」

「は？」

爽は、思わず不機嫌な声を上げた。

「とても可愛らしい笑みを浮かべられたのです。私、嘘はつけませんので……爽様、機嫌を悪くなさいましたか？　すみません」

こ、こいつ……

申し訳なさそうな笑みを浮かべる要に、殺意が湧く。

「彼女は私に会いに来たのだろう？」

「それが……わからなかったのです。なぜか、『ありがとうございます』と叫んで、頭を下げられて……私も意味がわからずに、唖然《あぜん》としていましたら、その間に走り去ってしまわれたんです。呼び止める隙もありませんでした」

爽は頭を抱えた。

なんなんだ？　最後まで話を聞いても、わけがわからないままじゃないか。

「仕事を断りにきたわけではないんだな？」

「はい。それは間違いないようでした」

携帯の番号は履歴書に載っているし、彼女に電話をかけて、話を聞いてみるべきだろうか？

いや、やめておこう。仕事を断ってきたわけではないのだ。明日、約束通り、彼女はやってくるはず。

「紅茶を持ってきてくれ」と要に命じ、爽は自分専用の部屋に入った。あまり広くはないが、居心地がよく、家具も設置してある。宝飾店以外の仕事が忙しいときは、ここでその仕事をしている。

机に向かって腰かけた爽は、部屋を見回して眉を寄せた。

鈴木苺がここで働くならば、彼女専用の更衣室があったほうがいいのではないだろうか？

それに、あんなやぼったい私服で店に出すわけにはいかない。となると、スーツが必要だな。

明日は、彼女に提供する住まいに連れて行くつもりだったが……ついでにスーツも買いにいくとしよう。それと、彼女をしっかり磨かないとな……

明日のことを考えてにやついていると、要がドアをノックし、紅茶を運んできた。

「爽様。お待たせしました」

「ああ。ありがとう。……要」

「はい」

「この部屋を、彼女の更衣室にすることにした」

爽の報告に、要は驚きの表情を見せた。

「よろしいのですか？　それでは爽様の部屋が……」

「これからはスタッフルームを使う。必要な家具は、私のほうで手配する。明日のお昼までに、模様替えを終えよう」

「承知しました」

要が下がっていき、爽は紅茶を飲みながら、模様替えの構想を練った。


「おいしかった。大平松、ありがとう」

ワンルームマンションのソファに座って夕食を終えた爽は、ナプキンで口元を拭きながら、彼のすぐ側で畏《かしこ》まって立っている大平松にねぎらいの声をかけた。

「はい。爽様に喜んでいただけ、ありがたきしあわせです」

豪快な声で返事をするこの男は、爽の屋敷の料理長だ。大柄な見た目からガサツな印象を受けるが、料理の腕は確かだ。食べたいものをリクエストすると、即座に応えてくれる。

「こんな場所で料理をさせてすまなかったな」

ワンルームマンションのキッチンは、大平松には手狭《てぜま》なはずだ。調理に必要なものはほぼそろってはいるはずだが……いつも広々とした屋敷の厨房で調理しているのだから、こんな場所ではやりにくいだろう。レストランで済ませても良かったのだが、執事の吉田から、大平松に命じてやってほしいと請われたのだ。大平松は、爽のために食事を作るのを生きがいにしているのだからと……

吉田も当然のように大平松と一緒に来るつもりでいたらしいが、いくらなんでもふたりは必要ないと断った。こんな狭い場所で、料理長と執事のふたりがかりで面倒をみられながら食事を取るなんて……さすがに遠慮したい。

「とんでもございません。爽様に呼んでいただけて嬉しいですよ」

偽りのない笑みに、悪い気はしない。

大平松が帰り、ひとりになった爽は、ノートパソコンを開いて仕事を始めた。

9 大人な気分 ～苺～

目の前の鱈《たら》の野菜あんかけは、とってもおいしそうだ。ピーマンともやしが、誰よりもたっぷり載せられていることに苺はにんまりしていた。

家族のみんなは思った通り、ショッピングセンターに行った苺が、自転車を忘れて歩いて帰ってきて、また歩いて取りに戻ったマヌケ話で盛り上がっている。

いつもならば、むくれるところだが……いまの苺は自分の失敗談も笑い飛ばせてしまうのだ。みんなと一緒にケラケラ笑っている苺を見て、健太が変な顔をしているのが、また笑える。

就職が決まったことを話そうと思うのだが、どうにもきっかけが掴めない。

再度確かめに行ったことで、宝飾店にお勤めすることは現実なのだと自信を持てていたが、やはり職種がひっかかるというか……

宝飾店の店員などというものが、はたして自分に務まるのか……自信が持てない。

そのせいで、だんだん不安になってきたのだ。すぐに役立たずの烙印《らくいん》を押されて、辞めさせられたら、目も当てられない。

ワンルームに引っ越すのは、クビにならずに済みそうだと、見通しが立ってからのほうがいいのかも……。

苺はため息をついた。

「どうしたのよ？」

節子から右肩をくいくいっと押され、苺は顔を上げた。

「なあに？」

「らしくなく、ため息なんてつくんじゃないの」

節子は眉を寄せ、叱るように言う。苺はむっとした。

ため息ついたくらいで、なんでお小言なんかもらわにゃならんのだ。

「苺も、苺なりに、人生ってもんを考えてるんだろう」

思いやるように宏が言ってくれたというのに、健太は鼻で笑う。

「就職が有利になるからって専門学校に通ったのに、スリーシーズン過ぎ去ろうとしてるいまになっても、いまだ定職につけずじゃ、いちごう、そりゃため息も出るか？」

こ、こいつめぇ、痛快そうに言いやがって！

苺は目を吊り上げて健太を睨んだ。

「仕事見つかったもん！」

勢いそのままに叫んでしまい、苺は顔をしかめた。

し、しまったぁ！　まだ言うつもりなかったのにぃ。

「見つかった？」

家族四人の目が、苺に集まる。

「苺？　ほんとに見つかったの？」

「う、うん。まあね。今日、面接受けたの」

苺はうつむきながら、ぼそぼそと答えた。

たまたま履歴書を落として思いがけず……というやつだが。

「そんなこと、あんた、なんにも言ってなかったじゃないの」

「不合格だったら、顔向けできないと思ったんだろう」

宏が口添えしてくれる。

「それで？　いちごう、今日面接して、もう合格の返事もらったのか？」

「う、うん。明日からって言われた」

「どこの会社？　ここから近いの？」

「会社とかじゃなくて、ショッピングセンターの……」

「ショッピングセンター？　おい、いちごう、お前、もしかしていま働いているところ、辞めさせられたんじゃないのか？」

健太がそんなことを言い出し、苺はむっとする。

「辞めさせられてなんかいないよ」

そう口にしたとき、苺はいまになってようやく、『そ、そうか、いまのバイト、明日辞めなきゃならないんだ』と自覚した。

「それじゃ、なんで仕事を替えるんだ。いまんとこ、辞めたいほど嫌なやつでもいたのか？」

「そんなひといないよ」

苺は頬を膨らませて言った。バイト先のおばさんたちは、みんないいひとばっかりだ。

「そ、そういうんじゃなくて……」

そっか、わたし、おばさんたちとお別れしなくちゃならないんだ。

胸が疼《うず》き出し、なんともいえない気持ちに囚《とら》われる。

「だって、みんな、社員になれ、定職につけって言ってたじゃん。バイトじゃなくて……」

「社員なのか？」

苺は顔を歪《ゆが》めた。残念ながら正社員ではないが……

「じゅ、準社員だけど……。まずは、ってことなんだよ。頑張ったら、正社員にしてくれるの」

「あっらあ～、どうやらほんとみたいじゃないの」

節子の言葉に苺はカチンときた。

「わたしは、嘘ついたりしないよっ！」

母は、娘の憤《いきどお》りを華麗に無視した。

「よかったじゃないの。なら、雇用保険もあるのね？」

「も、もちろんだよ。準とはいえ、社員なんだからさ」

ボーナスだってあるのだ。それも二ヶ月分だぞ！

「よかったじゃないか。苺、準社員から正社員になれるように頑張れ、なっ」

やさしい父の励ましに、苺は笑みを浮かべて頷いた。

給料二十五万や、ボーナス二ヶ月分の話もドバーンと披露《ひろう》して、ぐいっと胸を張って自慢してやりたいところだったが我慢した。

あまりの好条件ゆえに、お前、騙《だま》されてるんじゃないのか？　なんて、ちゃちゃを入れられそうだし。

それにワンルームの部屋にタダで住めるなんてつけ加えた日にゃ、『この世の中、そんなうまい話が転がってるわけないだろ！』と頭ごなしに怒鳴られそうだ。

節子とふたりで夕食の片づけを終えた苺は、今日の自分へのご褒美に、冷蔵庫を開けてイチゴヨーグルトを探したが、どこにもない。

そ、そうだった。買ってくるつもりが……色々あったせいで、買い忘れちゃったんだ。

あ～ん、苺の馬鹿ぁ！

「苺、冷蔵庫開けっ放しにしないの」

節子の叱責《しっせき》に、苺は慌てて冷蔵庫を閉めた。

「だって……」

「だってじゃない！」

反論できなかったがむしゃくしゃが込み上げてきて、苺はほっぺたを膨らませ、一気に二階まで駆け上がった。

あー、早くワンルームに住みたいなぁ。そしたら、冷蔵庫をいくら開けてたって、誰からも文句言われないもんね。

部屋に入った苺は、あっという間に機嫌を直し、自分の部屋の中をスキップしながらくるくる回った。

いまや未来は、眩しいほどに輝いている。

スキップを続けながら、脳内でワンルームを飾り立て始める。

淡いピンクのカーテンとラグ……家具はできれば白で統一。冷蔵庫に電子レンジ。あと、洗濯機に乾燥機、えーとあとはぁ？

そうそう、もちろんテレビも。大型でなくてもいい、ちっちゃいので。

くっふふう。苺専用テレビかぁ〜。

それからそれから……そうだ、ここにある漫画も、全部持ってゆかなくちゃね。置いていったりしたら、お母さん、すぐ、リサイクルに出しそうだもんなぁ。

電気代とか、ガス代とかも、ひとり暮らしになったら、全部自分で払わなきゃならないんだよね。

「たーいへん！」

苺は内心にやにやしながら、しかめっ面で叫ぶ。なんか突然、自分が大人な気がしてきた。

うきゃー、わたしってば、マジで大人の仲間入りだよ。

「にっしっし」

苺は、にやけ顔で、自分の部屋を見回した。

この部屋、苺がいなくなったら、いずれ兄夫婦の子ども部屋になるんだろう。

なんだか寂しさが湧いたが、同時に誇らしさも感じて、苺はくいっと顔を上げた。

「大人になるというのは、つまりは、そういうことなのだよ、苺君」

10　お楽しみは内密に　～爽～

目が覚めていつものようにすぐシャワーを浴びた爽は、すっきりした気分でキッチンに入った。

今日は月曜日で宝飾店の仕事は休みだ。色々と予定はあるが、朝のうちはのんびりできる。

ゆっくり朝食を食べようと、まずはコーヒーを淹《い》れた。そして、大平松が用意してくれていた朝食をテーブルに並べる。

コーヒーができるまでの間、ファイルを手に取って読む。新事業の案件がいくつか上がっている。宝飾店も開店からそろそろ二年が経つし、これまで通りなら、次の事業に着手する時期だ。宝飾店のほうは、適任者を選んで任せようと思っていたのだが……

冴えない彼女が現れたせいで、予定が狂った。宝飾店から手を引けなくなってしまったのだ。要はそれに気づいているからか、新事業の案件は提示してくるものの、催促《さいそく》はしてこない。

いまは新事業より鈴木苺だ。彼女を満足するまで楽しみたい。

九時半になったところで、爽はマンションを出て宝飾店に向かった。

昨日、要に指示しておいた部屋の模様替えは、滞《とどこお》りなく進んでいるだろうか？

車を駐車場に停め、降りる前に吉田に電話をかける。その後の、羽歌乃の動向を知っておきたい、と爽は思ったのだ。

「爽様。おはようございます」

「ああ。吉田、あれから羽歌乃さんは何か言ってきたのか？」

「それが、昨夜遅くに屋敷にいらっしゃいまして」

「来たのか？」

「はい。爽様はまだお帰りになりませんとお伝えしましたら、今夜はここに泊まるとおっしゃいまして」

「なんだ、そこに泊まったのか？」

ということは、まだ屋敷に？

「はい。先ほど朝食をお召し上がりになり……いまは、お部屋で寛《くつろ》いでおいでです」

お部屋というのは、爽の屋敷内に設けてある、羽歌乃専用の部屋だ。羽歌乃が彼の屋敷に泊まるのは珍しいことではない。

どうやら、羽歌乃さん、今回はとことんやるつもりのようだな。屋敷に居つくとは……見合いをすっぽかされて、よほど頭にきたらしい。これは当分、屋敷には戻れそうもないな。

やれやれと思いつつも、口元がほころぶ。さすが我が祖母、相手として不足なしだ。

電話を切り、携帯をポケットにしまいながら車を降りる。

スタッフルームに入ってみると、要と怜がふたりのスタッフとともに忙しそうに動き回っていた。

「爽様。おはようございます」

要と怜が声を揃《そろ》えて挨拶する。

「ああ。ご苦労だな。どうだ、進み具合は？」

「はい。不要なものはすべて、屋敷のほうに運ばせました。必要であろうものは、こちらにまとめておくことにいたしましたが、それでよろしかったでしょうか？」

部屋の片側に置かれた棚を指して言う。そこには爽のものが整然と収まっていた。

「それでいい」

「爽様」

怜が呼びかけてきて、爽はそちらに顔を向けた。

「宝石類など貴重品が入っている棚も、こちらに設置しました。さほど邪魔ではないと思いますが」

「うん。いいな……。だが、やはり手狭《てぜま》になったな」

部屋を見回して、爽は正直な感想を漏らした。要も同感らしく、小さく頷く。

「ご指示通りに、我々の更衣室に、爽様のロッカーを用意いたしますが……よろしいのですか?」

要が確認を取るように聞いてくる。

「もう部屋がないんだ。それでいい。気にするな」

爽は作業の邪魔にならないように、店頭に出ることにした。

「要、目を通さなければならない書類はあるか? それと報告書は?」

「はい。こちらに用意してありますが……今日は、爽様は休日ですし……」

「見せてくれ。彼女専用の家具が入るのを見届けるまでここにいるつもりだ。その間だけ目を通す」

要から分厚いファイルを受け取り、爽はスタッフルームから店頭に出た。店にはふたりのスタッフがいて、爽が姿を見せた途端、緊張の色を浮かべる。よく知っている者たちなのだが、彼らと爽が直接話をすることはほとんどない。

「私がレジに入ろう。君は店頭を頼む」

レジにいるスタッフに言うと、「は、はい」と返事をし、強張った顔で頭を下げる。そして、緊張もあらわにレジから出ていった。『取って食うようなことはしないぞ』と、スタッフの背中に向けて冗談を飛ばした爽は、ファイルを開き、目を通し始めた。

三十分後、鈴木苺専用の更衣室の準備が整った。整ったといっても、ドレッサーとテーブルと飾り棚が設置されただけ。

爽は顎《あご》に手を当て、空になったクローゼットを見つめた。

彼女の制服がここに入るのだが……昨日まで、ここは爽のスーツ類であふれていた。それらは向こうの更衣室のロッカーに収まる量ではなかったはず……

そう考えた瞬間、爽はハッとした。

そういえば、ここの荷物を屋敷に運びこんだと言ったな。その作業、祖母のいる間に行われたのではないだろうか？

「要」

爽は振り返って要を呼んだ。

「はい、爽様」

「ここの荷物、いつ屋敷に運んだ？」

「今朝の九時くらいですが」

つまり、羽歌乃さんに見られたということか？

「お前もついていったのか？」

「いえ、怜に行かせましたが……何か問題がありましたか？」

するとふたりの話を聞いていたのか、怜がやってきて要の隣に並んだ。

「怜、屋敷で羽歌乃さんに会ったか？」

「はい。昨夜から泊まっておいでで……いったい何事かと聞かれました」

「なんと答えた？」

「宝飾店の模様替えをしております、と」

「それを聞いた羽歌乃さんの反応は？」

「これといって特別な反応はなさいませんでした。納得されたようでしたが」

「そうか」

鈴木苺のことは、なるべく祖母に気づかれないようにしなければ。お楽しみの邪魔をされたくない。

「言うまでもないと思うが、鈴木苺のことは、羽歌乃さんには知られないようにしてくれ」

「了解しました」

要と怜は、声を揃《そろ》えて頭を下げた。

11　いたたまれない食事　～苺～

翌日は快晴だった。もう晩秋だし、これからどんどん寒くなってくるのだろう。ショッピングセンターの自転車置き場に愛車を停め、苺は店内に入った。

苺の目元はぽっちり赤くなっていた。

先ほどアルバイトを辞めてきたところなのだ。社員にはしてくれなかったけど、仕事は楽しいし、パートのおばさんたちもいいひとばかりで、居心地はとても良かった。苺が突然辞めるというので、あまりに急すぎると、おばさんたちが泣き出して……自分も泣いてしまった。

社員にしてくれたらなぁ。そしたら苺だって、絶対辞めたりしなかった。上品さが求められそうな宝飾店の店員より、性に合ってたし。

そんなことを考えながら歩いているうちに、宝飾店に辿り着いた。

店を前にした途端、苺は緊張して、胸の辺りと胃の辺りがおかしくなった。

「鈴木さん、早いですね」

昨日の凛々《りり》しい店員は、すぐに苺に気づき、声をかけてくれた。

「は、はいっ」

焦《あせ》って返事をしたところで、苺は自分のミスに気づいた。

そ、そうだった。ここに来る前に、昼食にハンバーガーかなんか、食べようと思ってたのに、うっかりまっすぐ来ちゃったよ。

お昼を食べ損ねたと気づいた途端、お腹が空いてきた。顔をしかめている苺を見て、彼は不思議に思ったようだ。「どうかなさいましたか?」と尋ねられて、苺はテンパった。

「あ、はいっ。お昼食べて来るの忘れちゃっただけです」

苺の返事を聞き、凛々《りり》しい店員の眉がくいっと上がる。

し、しまった。つ、つい。

「昼食を? そうですか」

苺は必死に首を横に振った。

「だ、大丈夫です。お昼を抜いたくらいで、倒れるようなやわやわじゃないんで」

苺は昨日面接してくれた店長の姿を探して、お店全体を見回した。だがいないようだ。店員があとひとりいるだけで、いまはお客さんもいない。

「少し、お待ちくださいね」

凛々しい店員はそう言い残し、踵《きびす》を返して店の奥に向かった。どうやら、店長を呼びに行ってくれたらしい。

彼の姿が、店の奥のドアの向こうへ消え、苺は宝飾店を改めて見回した。

高級な雰囲気が漂っている。

苺、ほんとにここで働くのかな？　まるで実感が湧かない。

この店のスタッフ全員が、苺とはまるっきり住む世界が違うひとのように感じる。

一般庶民の苺なんかが、こんなお店で働いてもいいのだろうか？

不安の値が急激に上昇しているところに、奥のドアが開き、凛々しい店員が姿を見せた。

「鈴木さん」

入り口のところに立ったまま苺を呼ぶ。どうやら来いということのようだ。

苺は店内を走り抜け、凛々しい店員の前に立つ。

「な、なんでしょう？」

「どうぞ」

凛々しい店員は、すっと横にずれて苺をドアの中へと促す。

ドキドキしてきた。中で店長が待っているのに違いない。

いよいよ宝飾店での仕事が始まるのだと、緊張からカチカチになり、足を踏み入れた苺だったが、そこには誰もいなかった。

「えっと？」

「爽様が戻っていらっしゃる前に、召し上がってください」

そう様？　それって、誰のことなのだ？

うん？　……召し上がって？

「あっ」

苺は思わず声を上げた。

テーブルの上に、パンをふたつ載せた皿と、湯気を立てているティーカップがあった。

「わ、わたし……」

こんなつもりじゃなかったのに……

困惑して振り返ったら、彼は開けっ放しのドアの向こうに顔を向けている。

「鈴木さん、お客様がいらしたようです」

確かに、苺のところからも、ふたりのお客さんの姿が見えた。ガラスケースの中を覗きながら、おしゃべりをしている。

「それでは」

苺にはもう目を向けず、彼はさっさと行ってしまった。

ひとり残された苺は、どうしていいか迷ったものの、テーブルに近づいていった。

催促《さいそく》してしまったみたいで物凄く恥ずかしいけど……せっかく用意してもらったのだ、食べなければかえって悪いだろう。

それにパンの香ばしい香りが、空腹を刺激する。苺はテーブルの前の椅子に座ってパンを見つめた。

お、おいしそうだ。遠慮しつつも手に取り、あーんと口を開けて頬張る。

うっひょーっ！　うまいっ！　めっちゃうまいよ、これ。

苺の今までの人生で、こんなパンは食べたことがないってくらい、うまい。

ゆっくりと味わい、続いてカップを手に取る。

紅茶だ。うーん、いい香り。

一口飲んだ苺は、目を見開いた。

うっ、うっめーっ！

なんなんだ、ここのものって……魔法で生み出されたものだったりするんじゃないのか？

苺の脳内で、藤原店長がかっちょよくポーズを取りながら魔法使いに変身し、あの凛々《りり》しい店員も魔法使いの弟子になる。愉快《ゆかい》な想像に、苺はにはには笑った。そして、ゆっくりと紅茶を口に含み、充分味わってから飲み込んだ。

そういえば……さっき凛々しい店員が言っていた、『そう様』とは誰なのだろうか？

この宝飾店の、経営者だろうか？　きっとそうなんだろう。名前に様がつけられているくらいだ。

『そう』というのは、ずいぶん珍しい苗字だが、いったいどんな漢字なのだろうか？

そんなことを考えながら、あーんと口を開けてもうひとつのパンにかぶりついたところで、奥のドアがすっと開いた。

ぎょっとした苺は固まったまま、入ってきたひととしばし見つめ合った。

「早かったのですね」

落ち着き払った声で、藤原が言う。

動転した苺は、パンを口にぶら下げたまま勢いよく立ち上がった。

藤原は、苺を目撃した瞬間は、明らかに驚いた様子だったが、それからはなんでもなさそうにスタスタ歩き、壁際の机の上に持っていた黒いファイルを置いた。

真っ白になった頭で、藤原を目で追っていた苺は、ハッと我に返った。そして、自分が口にパンをぶら下げたままでいる事実にようやく気づいた。慌てて口の中にパンを押し込む。

口いっぱいに入っているパンをなんとかして呑み込もうと頑張っている最中に、藤原は入ってきたドアとは別のドアを開けて姿を消した。

は、早く、早く呑み込まなきゃ！

慌てて呑み込もうとしたものだから、パンが喉《のど》に詰まってしまった。

ぐっ……く、苦しい……

目を白黒させながら、苺は紅茶を一気に喉に流し込んだ。なんとか息ができるようになり、涙目になりながらゼーハーと荒い息をつく。

あー、死ぬかと思った。

パンはまだ残っていたが、また頬張っているところに藤原が戻ってきたらたまらない。

ほどなくして、藤原は姿を見せた。手に、湯気の立つカップを持っている。どうやら、飲み物を自分で用意してきたらしい。

まだスタートを切ったのかもあやふやなわけだけど、このひとは苺の上司となるひとで、苺は部下……上司の飲み物ってのは、部下が淹《い》れるべきなんじゃないのか？

「い、言ってもらえたら……い……わ、わたしが淹れ……」

「必要ありません。鈴木さん、食事を続けてください」

藤原はカップをテーブルに置き、後ろにある机のほうを振り向くと、先ほど抱えてきた分厚い黒いファイルを手に取り、それをテーブルに置いた。そして苺の真正面の席に座り、ファイルに目を通し始める。

しばらくファイルを捲《めく》っていた藤原が顔を上げた。彼の視線に苺はぴくんと震えた。

「座らないんですか？」

苺は慌てて椅子に腰かけた。

「食べなさい」

静かな声だったが、抵抗できない口調だった。

「は、はいっ」

かしこまって返事をした苺は、残っているパンを掴んだ。それを見た藤原は、またファイルに視線を戻す。

静まり返った部屋で、藤原を前にしての食事は、なんともいたたまれなかった。いまになって、先ほどの自分の失態を思い出し、顔が火照ってくる。は、恥ずかしい。でもまだ、経営者のそう様とかいうひとでなくて、よかったよ。そう考えて、自分を慰《なぐさ》める。

全部食べ終え、カップも空になったところで、藤原が立ち上がった。

「では行きましょう」

苺は面食らった。

「は、はいっ？」

い、行くって、どこにだ？　けど、上司様が行くとおっしゃられているのだから、部下としては従うほかない。

「あ、あの。でも、カップとお皿、洗わないと」

すでに裏口に足を向けようとしている藤原を見て、焦《あせ》って言う。

「そのままでいい」

「で、でも」

「岡島がやってくれます」

お、岡島？　あの凛々《りり》しいひとは、岡島というのか？

「け、けど、あのひとは、お店のほうにいなくちゃならないから……」

「藍原のことではありませんよ」

「はい？」

藤原はさっと手を上げ、腕時計に目を落とす。

ひょおっ。かっ、かっちょいい……仕種ひとつが、こんなにかっこよく見えるひとっているんだなぁ～。

思わず感心してしまう。

「そろそろ来るはずですが……」

まるでその声が聞こえていたかのようなタイミングで、ガチャリと音がしてドアが開き、ひとが入ってきた。苺と藤原を見て、こちらに歩み寄ってくる。

「少し遅れましたか？」

少しハスキーな声のそのひとは、背が高くてとっても綺麗なひとだった。

苺は目を丸くし、息をするのも忘れてそのひとに見惚れた。

「いや、時間ぴったりだ。それじゃ、私たちは出かける」

「はい、爽様、行ってらっしゃいませ」

藤原に向かって、きっちりと頭を下げる。たぶん、このひとが岡島なのだろう。

それにしても、この宝飾店。上下関係が厳しいんだろうか？

わたしも、こんな風に店長さんにお辞儀しなくちゃいけないのか？

そこまで考えて、苺はあれっと思った。

この岡島ってひと、店長さんのことを、いま、そう様って呼ばなかったか？

つまり、そう様は、店長さんなのか？

それにしても、様づけ？

「鈴木さん、行きますよ」

声をかけられた苺は、焦って腰を上げ、自分のバッグを掴んだ。

藤原はドアを開けて、すでに出て行こうとしている。

苺は慌てて追いかけたが、ドアから出る前に足を止め、岡島に声をかけた。

「あ、あの、岡島さん、カップとお皿、洗わないままで、す、すみません」

「いえ。爽様をお待たせしてはいけません。さあ、行ってください」

やさしい響きの岡島の声に、苺はほっとした。笑顔でお辞儀した苺は、急いで藤原のあとを追いかけた。

「遅いですよ」

「は、はい。すみません」

ショッピングセンターの従業員専用らしい出口から外に出た。

「あの、どこに行くんですか？」

「もちろん、必要なところですよ」

そりゃあ必要なところなんだろうけど、それがどこなのか、なんのために自分がついていかなければいけないのかを知りたいのに……。

「鈴木さん、ここまでどうやって来たんですか？」

「あ、愛車で来ました」

「そうですか。それなら……」

藤原は駐車場に向かって歩き出し、苺もそのあとについていく。

「このスペースが、うちの店のスタッフ用に確保している場所です。貴女の車は、ここに停めてください。そして、先ほどの通用口から入ってください。入店するときに必要な社員証はあとでお渡ししますから」

「はい。わかりました」

苺は指示された駐車場の場所を、忘れないようにしっかりと覚えた。

「さあ、早く乗ってください」

催促《さいそく》するように言われ、苺は藤原のほうを向いた。彼がドアを開けている車は、苺が見たことのないデザインの車だった。ボディーがなんだか馴染みのない曲線を描いている。

「鈴木さん、乗って」

再度の催促に、苺はドアを開けて乗り込んだ。

お、およっ？　なんか、このシートの座り心地、これまでに乗ったことのある車とはだいぶ違う。

「なんか、身体が沈んじゃうんですけど……」

「そうですか？　沈んではいませんよ」

藤原はこともなげにそう言うと、エンジンをかけた。

「あんまり音がしないんですね？」

「ハイブリッド車ですからね」

ああ、聞いたことがある気がする。ハイブリブリね……

「電気で動く車のことですよね？」

苺が言うと、店長さんはそうだというように頷く。

それにしても……

「電気自動車って、こんなにかっこいい車もあるんですか？」

「あるようですね」

藤原は渋みのある苦笑を見せつつ、「スピードもかなり出ますよ」と教えてくれた。

「そうなんですか？」

なにやら、藤原は苺の顔をじっと見つめてくる。

「え、えっと……」

見つめられてドギマギしていると、彼はふいっと視線を外し、車を発進させた。

苺は先ほどのパンくずが顔にくっついているんじゃないかと不安に駆られ、こそこそと顔をこすった。

動いたのに気づかないほど車はスムーズに走り出し、藤原は運転に集中し、沈黙した。

その心地よい静けさに、苺は座席に身体を預け、力を抜いた。

12　あっさり納得　～爽～

目的の場所に向けて運転しながら、爽は込み上げてくる笑いを堪《こら》えた。

いま、自分の隣には、あの冴えない彼女が座っているのだな。

昨日まで、彼の興味の対象であり、どうにも気になってならなかった彼女が、いま自分の車の助手席にちょこんと座っている。

やはり、人生は面白い。何が起こるか、わからないものだ。

爽の目の前で、彼女のバッグから落ちた履歴書。あれがなかったら、彼女はいまここにいないのだ。

感慨にふけっていると、つい先ほどの出来事が頭に蘇《よみがえ》り、爽は危うく噴き出しそうになった。

彼女がやってくるのは午後のはずだったのに、まさかすでに来ていたとは……し、しかも……パンを……パンを……

強烈な笑いが込み上げ、ぐぐっと腹に力を入れて、必死にそれを抑え込む。

だが目が合った瞬間の、鈴木苺の姿がまざまざと浮かび、笑いは消えそうにも消せない。

パンを口にぶら下げたままの彼女と、たっぷり五秒は見つめ合った気がする。

彼女があの場にいたことにはギョッとしたが、そのあとは噴き出さないようにするので、もう必死だった。何か言おうと思っても口にできそうになく、持っていたファイルを机に置いて、ひとまず給湯室に逃げたのだ。給湯室に飛び込んだ途端、もう堪えきれずに……しばらくは声を抑えて笑いこけた。

口にぶら下げていたパンを、彼女が口の中に必死になって押し込んでいるところも、その直前に目撃してしまっていたから、笑いは簡単に消えてくれず……

本当に、参った。あんなに笑ったのは、ひさしぶりだ。

まさに笑いの神だな。見た目はまったく冴えないのに……

爽は、ちらりと鈴木苺を窺《うかが》った。

手入れの行き届いていない髪……化粧っ気のない顔……服も、昨日着ていたものと同様にデザインがいまいちで、爽の目には野暮ったく見える。

さて、この未完成な彼女を、どんな風に弄《いじ》ってやろうか？　楽しみだな。わくわくしてならない。

爽は、胸の内で舌なめずりをし、両手をこすり合わせた。


「店長さん、あの……ここは？」

有料駐車場に車を停めたところで、鈴木苺が聞いてきた。

店長さんという呼びかけには、実のところ違和感を覚えている。確かに、彼は『ジュエリー Fujiwara』の店長という立場だが、彼を店長と……しかも店長さんと呼ぶ者などひとりもいない。みな、爽様と呼ぶ。

もちろん、鈴木苺に爽様と呼ばせるつもりはないのだが……

となると、『藤原店長』がふさわしいか。ともかく『店長さん』は、やめさせないと……

「ついてきなさい」

問いには答えず、爽は車を降りて先に歩き出した。目指しているのは、街中にあるブティック。

苺を従えて店内に入っていくと、この店を任せている女性店長は、即座に彼に気がついた。緊張の色を浮かべ、足早に目の前までやってきて深々と頭を下げる。店員たちは、自分たちの店長のこの様子を見て、何事かと思っているようだ。

この店長、技量は充分な人物なのだが……多くのスタッフ同様、自分のことが苦手なのだろう。

それにしても、あからさまだな。たとえ緊張したとしても、涼しい顔で隠しおおせるくらいになって欲しいものだが……

「心配せずとも、今日は視察ではありませんよ」

「そ、そんなつもりは……」

爽の言葉に焦《あせ》った様子を見せ、うわずった声を出す。

「顔に出ていましたよ。気をつけたほうがよいですね」

事務的に指摘すると、青ざめた顔をさらに引きつらせる。

「は、はい。すみません」

またもや頭を下げ、今度は頬を朱に染め始める。

この程度の指摘でこんなにも動揺するとは……要に指導させるか……

「この女性に、数着欲しいんですが」

爽は自分の後ろにいる苺を指しながら言った。だが、女性店長は戸惑った顔をする。

どうやら、爽の背後にいる彼女の存在に気づいていないらしい。

爽は苺の姿が見えるようにすっと横によけた。彼女を目にした女性店長は、驚いた様子で目を見開く。

「こ、こんにちは」

ドギマギしたように苺が挨拶する。女性店長は、「いらっしゃいませ」と彼女に声をかけ、「どういったものが、よろしいのでしょうか？」と問いかけている。

「スーツを」

苺の代わりに答えると、女性店長は慌てて爽のほうに向き直ってきた。女性店長と目を合わせ、さらに注文する。

「ワンピースなどもいいですね。デザインはあまり派手すぎないもので……」

爽は苺を見つめ、思案しつつ口を開く。

「……彼女に似合えば、どんなものでもいい」

「かしこまりました」

女性店長はこれまでの失態を挽回《ばんかい》するかのように、表情を改めてから、きっちりと頭を下げ店の奥に消えた。

店内を採点するような目で眺めていた爽は、スーツの袖《そで》をぐいっと引っ張られ、少々驚いた。

彼にこんなことをする者は、これまでひとりもいなかったからだ。

「店長さん」

「なっ、なんです？」

爽に顔を近づけて、苺は耳打ちするように小声で言う。

「なんでスーツやワンピースを？　このお店、凄く高いんでしょう？」

高いという指摘に、爽はむっとした。

「それほどではありませんよ。かなりリーズナブルな値段で提供して……」

「わ、わたし、そんなにお金持ってません……」

不安そうな言葉に、爽は眉を上げた。

この流れで、どうして自分が支払わなければならないと思うのだ。私が支払うに決まっているのに。

「鈴木さんに支払いをさせたりはしませんよ」

「え？　で、でも、服を買うんじゃないんですか？　苺の」

戸惑ったように苺が言い、爽はまじまじと彼女を見つめた。

いま、自分のことを『苺』と言ったな。

「そうですが」

爽の返事を聞き、彼女はさらに困惑したようだった。

「な、なんで服なんか買うんですか？　苺は別に服なんて欲しくないですよ」

「制服ですよ」

「は？　せ、制服？」

きょとんとして言葉を繰り返す苺に、爽は軽く頷いた。

「仕事中に着ていただくための服です。はっきり申し上げると、貴女の服装は、あの店には適さないと思いましたので」

彼女を説得しようと口にしたのだが、さすがにこれは言い過ぎたかと、爽は顔をしかめた。

「ああ、制服」

なぜか鈴木苺は、あっさりと納得した。自分の服装をけなされて気分を悪くしてしまったのではと心配していたのに、それは杞憂《きゆう》だったようだ。

それにしても、やはり彼女は変わっている。自分のことを、『苺』と呼ぶところからして……

すでに成人しているというのに……やめさせたほうがいいだろうな。

これからしっかりと、宝飾店の店員らしくさせるべく教育するつもりだが、まずは言葉遣いから厳しく指導していくとしよう。

13　恐い現実　～苺～

ブティックをあとにし、苺はまた藤原の車に乗り込んだ。彼は何も言わずに車を走らせる。

これからどうするんだろう？

それにしても、まさかあんな高級ブティックで制服を買うつもりだったとはね……苺が、絶対に足を踏み入れなさそうな、高級な雰囲気の店に、藤原は颯爽《さっそう》と入っていった。さすが貴族っぽい店長だと感心したが、状況がわからない苺は、もうドッキドキだった。

最初に、制服を買うんですよって、教えてくれたらよかったのに……。なんでこんな高級ブティックで、苺が服を買わなきゃならないのかと、無駄にうろたえさせられた。

ほんと、余計な気を揉んで損した。まあ、でも……

試着室でのことを思い出し、苺はにんまりした。店員が試着室に運び込んでくる服を、苺はルンルン気分で試着した。そして試着のたびに、藤原が確認した。

藤原は自分が制服を選ぶつもりらしかったが……どれもピンと来なかったようだ。

どれも苺に似合っていなかったんだろう。苺は桃色のワンピが一番気に入ったけど……とても手の届く値段じゃなかった。もう目玉が飛び出そうになるくらいで……なーにが、リーズナブルかと思う。なのに結局、買うのをやめてしまったし……店を出るとき、藤原は手ぶらだったのだ。居丈高《いたけだか》な態度を取ったあげく、あんなにとっかえひっかえ試着して、さんざん手間をかけさせておいて何も買わないなんて……ブティックの店員、あのあと絶対にブチ切れたに違いない。

しっかし、宝飾店の店員さんってのは、スーツが制服なんだね。

そう考えて、苺はどきりとした。

も、もしや……店長さん、高級スーツを着こなせないような女は、宝飾店の店員失格と思ったんじゃないの？　ま、まさか……採用取り消し？

青くなった苺は、運転している藤原をちらりと窺《うかが》い、彼の視線の先を見る。

いったいどこに向かっているのかわからない。ショッピングセンターに戻っているのか？　お店に戻って、採用取り消し宣言を食らってしまうんじゃ？　こっ、困るよ。だって、もうバイト辞めちゃったのに……

「あ、あのっ？」

ついに沈黙に耐え切れなくなり、苺は思い切って呼びかけた。

「もうすぐ、着きますよ」

「えっ？」

苺は視線を前に戻し、周りを確認してみたが、ここがどの辺りなのかわからないし、目的地がどこなのかもわからない。

「着くって、どこですか？」

「もちろん、マンションですよ」
マ、マンション？　なんでマンション？　もちろんとおっしゃる意味がわからない。戸惑っていると、藤原は右にウインカーを出し、マンションらしき建物のほうへとハンドルを回した。
目の前にそびえ立っているマンションを見て、苺は目をパチパチさせた。

「ここで何をするんですか？」

「鈴木さんの部屋を探しに来たのに、決まっているでしょう」

苺はぽかんとした。高級感を醸《かも》し出しているマンションを無言で見上げる。

「鈴木さん、早く降りなさい」

呼びかけられ、我に返った苺は、慌てて車から降りた。藤原は苺に構わず、さっさとマンションの玄関ロビーに向かっている。

苺の部屋を探しに来たって……それってつまり、採用取り消しはないってこと？　なら制服は？　必要じゃないの？

ああんもおっ。この店長さんってば、さっぱりわけがわかんないよっ！

「鈴木さん、早く来なさい」

もどかしさに小さく地団太《じだんだ》を踏んでいたところに、藤原の苛立ったような声が飛んできた。

見ると、彼はすでにロビーの中にいる。苺は慌てて駆けていった。

「空いているのは二部屋だけです。最上階と一階、どちらがいいですか？」

「さ、最上階？」

苺は反射的に口にしただけだったのだが、藤原は「わかりました」と答え、エレベーターに乗り込む。苺も慌ててそれに続いた。

苺が乗ったのを確認し、彼は最上階のボタンを押す。

「いま車を停めた駐車場は、臨時の駐車場です。住人の駐車場は地下になります」

「は、はあ」

それだと、苺の愛車も地下に停めるってことになるのか？

最上階に着き、エレベーターの扉が開いた。

きびきび歩く藤原に遅れまいと、苺は足早になり、必死についていく。動きは優雅でそんなに急いでいるようには見えないのに、藤原は歩くのがやたら速い。

目的の部屋に着いたらしく、藤原はすぐにドアを開けて部屋の中に入っていく。それを見て苺は眉を寄せた。

あれっ？ ドアの鍵って開いてたのか？ それに、こういうときって、不動産屋さんが案内してくれるもんじゃないのか？ まさか、すでにここに決めて契約しちゃってたり？

苺は眉をひそめた。

いったいここはどこなのだ？ ここに住むことになった場合、ショッピングセンターはどの方向にあって、どの道を通って行けばいいのだ？ 自転車で、どのくらいかかるのだろうか？

「鈴木さん、どうしたんです？」

藤原に呼びかけられ、苺は我に返った。

「す、すみません。あ、あの、ちょっと、聞きたいことがあるんですけど」

急いで玄関に入った苺は、中の様子を窺《うかが》いながら、おずおずと切り出す。

「なんでしょうか？」

「あの、ショッピングセンターって、どの方向にあるんですか？」

「そうですね、北側になりますね」

「あの、通勤って、どのくらいの時間かかるですか？」

「五分から十分というところでしょう」

「ああ。案外近いんですね」

「それじゃ、さっそく上がってください。中を案内しましょう」

「ここ、もう契約とかしちゃったんですか？　ここで決まりってことなんですか？」

「いえ、まだ候補はありますよ。ただ、ここが一番立地的にいいんですよ。眺めもいいですし、道幅も広いし、入り組んでもいませんから」

説明しながら藤原は玄関近くのドアを開ける。苺は促されるまま中を覗いてみた。お手洗いだったが、空間にゆとりがあり、なんとも贅沢《ぜいたく》な造りだ。

「こちらが、洗面所と風呂場です」

「ひ、広いですね」

「そうですか？　それでは、次はこちらへ」

藤原は今度は反対側のドアを開ける。

「クローゼットです。それと、こちらが六畳の洋間」

廊下を進んで行きながら説明する。苺は困惑した。

ワンルームって話はどうなったのだ？　それにしたって、このマンションはありえないと思う。

「あと右手のドアの向こうがキッチン、南側の……こちらは二十畳の洋間になっています」

に、二十畳？

「あ、あの。ワ、ワ、ワンルームってお願いしました」

苺の抗議に、藤原は顔をしかめた。

「ここも、ワンルームのようなものでしょう？」

何を言うのだ。ぜんぜん違うし！

苺は首をブンブン横に振った。

「普通のワンルームでいいんです。八畳くらいで、キッチンがついてて、バストイレがついていればもう文句なくて……」

「同じじゃありませんか？」

苺は頭が痛くなった。

こいつの頭の中は、どうなっているのだ？　ワンルームとこの部屋じゃ、まるきり、ちがーう！

「ならば、次の物件を見に行きますか？」

藤原は機嫌を悪くしたようだった。どうもここで決まるものと考えていたらしい。まさか苺が嫌と言い出すとは思ってもいなかったのだろう。

「す、すみません」

苺は小さくなって謝った。

「それでは……行きましょうか」

居心地の悪さに縮《ちぢ》こまりながら、苺はマンションをあとにしたのだった。

次にやってきたところは、苺の夢想していたワンルームマンションに近かった。右隣に本屋さんがあって、左隣はコンビニ。マンションの前の道もそれほど広くはなく、ほぼ真正面に、小さな公園まである。町並みも親しみのある感じで、苺はひと目で気に入った。ただ、このワンルームマンションも、家賃はかなり高そうだった。

「素敵ですね」

マンションの外観を眺めて、苺は笑みを浮かべた。

「外観は気に入ってくださったようですね？」

「は、はい。でも、ここって空き部屋、あるんですか？」

見たところ、全部の窓にカーテンがついていて、空き部屋とおぼしき部屋がないのだ。

「空き部屋というか……とにかく入りましょう」

玄関先は植木が綺麗に並んでいて、しゃれたオブジェまで飾られている。些細《ささい》なところまで、センス良く設計され、管理も行き届いている感じだ。

こんなところに住めたら素敵だけど……

藤原が案内してくれたのは、先ほどと同じで最上階の部屋だった。

部屋は確かにワンルームの造りだが、苺の想像よりかなり広い。いや、それはいいとしても……部屋を見て苺は眉を寄せた。

テーブルにソファにベッド、洗面所には洗濯機に乾燥機、キッチンには必要なものがすべて揃《そろ》っている。

「ここって……あの、空き部屋じゃないですよね？」

「色々揃っていますが、住んでいるというわけではないんですよ」

そうなのか？　とてもそうは見えないんだけど……

だって、書棚には、難しそうなタイトルの分厚い本まで並んでいる。

「あの本は、私のですよ」

苺が視線を向けているのに気づいたらしく、藤原が言う。

てことは、ここって、店長さんの部屋ってことだよね？

「これらの家具は、このワンルームマンションの入居者見学用に使っていたものなんです」

つまり……彼は、それをそのまま使わせてもらっているということ？

「それで宝飾店を開店するとき、近くて便利なので、スタッフや私が使っていたんです」

ほほお、そういうことか。スタッフさんたちが……

「そうだったんですか。……でも、わたしが使っちゃってもいいんですか？　いまもまだ、使っているようなのに……」

「ええ。ここが気に入ったなら、使ってくださって構いません」

ようやく納得した苺は、窓に近づき、カーテンを開けて景色を眺めた。

おおっ、広いベランダだ。ショッピングセンターも、すぐそこって感じだよ。

「ほんとに近いんですね」

これなら、自転車をすっ飛ばせば、五分もかからず着けちゃいそうだ。

「ここに決めますか？」

「はい。お願いします」

「いつ引っ越してきますか？」

「いつでも……でも、この家具とかを、まず全部運び出さなきゃいけないですね？」

「必要ないものは、明日にでも運び出しましょう」

苺は耳を疑った。

必要ないもの？　そ、それって？

「それって、まさか……必要なものは、このまま苺が、つ、使ってもいいってことですか？　あの冷蔵庫とか、電子レンジとか、洗濯機とか、乾燥機とか……」

「ええ。使いたいものは、そのまま使ってくだされればいい」

苺は自分のほっぺたを掴み、思い切りぎゅっと抓《つね》った。

「い、痛いです。マジでこれは現実ですかっ？」

苺は藤原に向かって叫んだ。彼は、しばし表情を変えずに苺を見つめていたが、突如《とつじょ》腰を折り、大声で笑い出した。

「あ……あの……」

「これは失礼……くくくっ……」

どうやら笑いのツボをついたらしく、彼はなかなか笑い止まなかった。

「貴女には、笑いの神がついているんじゃありませんか？」

わ、笑いの神？　そんなもの、苺のどこにもついてやしないし……

さんざん笑われたあげく、そんな言葉を受けて、苺はふてくされた。

「それでは、いらないものだけ、お聞きしておきますが……」

ようやく笑い止んだ藤原は、改めて聞いてきた。

ピンクのカーテンに白い家具という、夢の設計図がぽっと頭に浮かび、苺は家具はいらないと言おうとしたが、思いとどまった。

いつクビになるかわからない身なのだぞ。とすると、気軽に引っ越して来られるのなら、そのほうがよくないだろうか？

「鈴木さん？」

「は、はい。あの、このまま使わせてもらえるものは、使わせてもらいたいなって思って……そ、それでもいいんですか？」

ひどく厚かましいことを言っている気がして、顔が赤らむ。

「もちろん構いませんが……」

藤原は、そう言ってくれたが、何か気にかかっているようだ。

「あの、何か不都合とか？」

「運び込みたい、ご自分の家具などはないんですか？」

「はい、別にないです。あの、こっ、この大きなテレビも、このまま使っていいんですか？」

ありえない幸運に、声がうわずる。

「ええ」

あっさり肯定してもらえ、あまりの嬉しさに顔がほころぶ。壁際に置いてある大画面のテレビを見つめ、苺は瞳を輝かせた。

ここに住まわせてもらえる間は、こいつは苺専用テレビになるのか？　うひょーっ、夢のようだよ！　夢みた設計図とは違うが、ある意味、夢の設計図以上と言ってもいい。

「それでは、すべてこのままで使っていただくということで……。それでは鈴木さん、これを」

藤原は鍵を差し出してきた。え、も、もう？

「う、受け取っていいんですか？」

「ええ。いつからお使いいただいても構いませんよ」

藤原はそう言いながら、苺の手に鍵を握らせた。


うまくいきすぎると、人間、現実が恐くなるようだ。

苺は、どうにも落ち着かず、藤原の車の助手席でそわそわしっぱなしだった。

今度こそ店に戻ると思ったのに、次に到着した場所も、まだショッピングセンターではなかった。

「ここって？」

「エステサロンですよ」

「ですよね」

見ればわかるが、こんなところにやって来た目的がわからない。

「あ、あの。店長さん、お聞きしたいんですけど……」

「なんです？」

「ここで、何するんですか？」

「エステサロンに入ったことは？」

「な、ないですよ」

これまでの苺の人生において、エステサロンなど無縁のもの。

藤原は、苺が身の置き場所をなくすほど、じーっと彼女の全身を見つめてきた。

「少し髪を整えて、化粧品もここで揃《そろ》えましょう。支払いのほうは心配なさらないように」

「はい？」

「お客様を相手にするのに、清潔感、身だしなみは大切ですからね」

苺はちょっとばかし、カチンときた。

その言い草だと、まるで苺には清潔感がないみたいに聞こえるじゃないか。

苺がむっとしていることに気づいたらしく、藤原は苺の目をまっすぐに見つめ返してきた。

「反論でも？」

ぐうの音も出なかった。

苺はやさぐれつつ、強烈に入りづらい雰囲気を発しているエステサロンの店内に入っていった。もちろん、彼の背に隠れるようにしながら……

14　見解の相違　〜爽〜

自分の車に戻った爽は、エステサロンのビルを見つめ、口元に笑みを浮かべた。

さーて、どんな風に変身した姿を見せてくれるだろうか？　だが、期待しすぎは禁物だな。それなりの見てくれになってくれれば充分だ。

爽はもう一度エステサロンを見つめ、エンジンをかけた。

彼女は、いまどんな顔をしているんだろうか？

スタッフに促され、肩を落として渋々歩いて行った苺の姿を思い出し、噴き出してしまう。

まったく、彼女は期待を裏切らない。彼の予想をことごとく覆《くつがえ》してくれる。

まさかワンルームではないからと、2LDKのマンションを拒むとは。

いまは笑えるが、あのときは苛立ってならなかった。確かにワンルームがいいと聞いていたが、2LDKもワンルームもたいして変わりはしない。だいたい部屋が広いことに文句を言うなんてありえない。

しかし……あのワンルームを彼女に提供してしまうことになるとはな。

あのワンルームは、便利な避難場所だったのだが……こうなったら別の部屋を探すしかない。まずは、今夜寝る場所を確保しなければならなくなったな。

祖母の計画した見合いをすっぽかして以来、爽は屋敷には帰っていない。祖母の怒りはまだまだ鎮まっておらず、彼を探し出そうと躍起《やっき》になっているらしいから、屋敷には戻れない。というより、かくれんぼをしているようで面白い。祖母が飽きるまで、とことんつき合うつもりでいる。

とはいっても……

爽は顔をしかめた。困ったな……こうなったら、もうホテルに泊まるしかないか。苺に提供する予定だった2LDKをこれからの避難場所にするとしても、さすがに今夜は間に合わない。考えても妙案は浮かばず、爽は仕方なく、彼女がすべてを終えて出てくる前にはここに戻ってこようと決め、車を発進させた。


予定した時間より早くエステサロンに戻った爽は、ロビーのソファに座り、苺が出てくるのを待った。

「藤原様、お待たせいたしました」

一分も待たずにスタッフが声をかけてきて、爽は素早く立ち上がった。スタッフの後ろから居心地悪そうにひとりの女性が姿を見せた。もちろん、それは鈴木苺でしかありえない。

これはまた、見事に垢抜《あかぬ》けたな……

綺麗にカットされた艶《つや》のある髪。少し短くカットしたことで垣間見える華奢《きゃしゃ》な肩と首筋が、なんとも保護欲をかきたてる。肌もやわらかそうだ。

「いいですね」

そう口にしたが、正直なところ、化粧は必要なかったかもしれないなと思う。

もちろん、化粧が似合っていないというわけではない。ただ、爽の気に入っている彼女らしさが半減してしまった感じだ。けれど、宝飾店の店員ならば、素顔というわけにもいかないか……


「これで今日の予定は終わりです」

車に乗り込み、走り出す前に爽は苺に告げた。苺は、戸惑ったように瞬《まばた》きする。

そのとき爽は彼女の目元に気を取られた。

大きな目をしているという意識はなかったのに……化粧をしたことで、目の大きさが際立っている。目鼻立ちもはっきりして……まあ、綺麗の部類に入るな。

「はい？　あ、あのぉ、お仕事はしなくていいんですか？」

「仕事のようなものですよ。制服を見に行って、住む家を決め、身綺麗になった。そうそう……」

エンジンをかけながら口にした爽は、ふと思い出し、スーツの胸ポケットに手を入れた。

「これを」

彼女に向けて、取り出したカードを差し出す。

「これ、なんなんですか？」

受け取ったカードを眉を寄せて見ながら、不審そうに問い返してくる。

「エステサロンの会員証です。一週間に一度、予約を入れておきました。忘れずに行ってください」

命令するように言うと、彼女は嫌そうに顔を歪《ゆが》めて、爽を見つめてくる。

どうやら、エステサロン通いは、彼女の意に沿わないらしい。せっかく美しく変身できたというのに喜んでいる様子はなく、これから通えることも、嬉しくないようだ。

「何か？」

爽は頬を膨らませて不満そうにしている彼女に向けて、そっけなく言った。

すると彼女は、なんと両手を膨らんだ頬に当て、ぐいぐいっと押してひっこめた。

もちろん、そんなおかしな行動を取られては、笑いが込み上げてくる。

「なんでもありません」

渋々といった返事に、爽は小さな笑いを漏らし、車を発進させた。

ショッピングセンターへと戻り、駐車場に車を停めているところで、爽はひとつ思い出した。

「あ、そういえば……」

「なっ、なんですか？」

ビクビクしたように彼女は聞き返してきた。今度は何を言うつもりだとビビっているようだ。

「マンションの駐車場の場所を、教えませんでしたね」

「だいたいわかるですよ」

彼女は軽く言うが、とてもそうは思えない。

「名前など表示していませんからね。他の方の場所に停めてはいけないし……これからもう一度行きましょう。そうだ、鈴木さんは自分の車に乗って行ったほうがいいですね。ここで待っていますから、乗っていらっしゃい」

「は、はあ」

最初、気乗りしない様子だったが、彼女は車を降りて駆けていった。その姿をずっと目で追っていると、やがて建物の向こう側に回り、見えなくなった。

彼女が戻ってくるまで、携帯でいくつか仕事を処理していた爽は、驚きに息を止めた。

「あ、あれは？」

鈴木苺が、桃色の自転車を漕《こ》いでぐんぐんと近づいてくる。

「愛車、と言いましたよね？」

自転車に乗っている苺に向けて、爽は戸惑いながら尋ねてしまう。

「はい。わたしの愛車です。ピンクで可愛いでしょう？」

爽は、苺の愛車を凝視し、無言のまま自分の額に手をあてた。

まさか……自転車のことだったとは。愛車と言われたら、普通、自動車のことだと思うだろう？

私の勝手な思い込みか？

苺は、自転車に跨《また》がったまま、爽が出発するのを待っている。

「鈴木さん」

言いたいことは山ほどあった。普通、愛車と言われたら、自動車のことだと思いますよ。自転車を愛車だなんて、言わないでしょう？　などなど……

「はい」

無邪気な顔で返事をする苺を見て、爽は毒気を抜かれた。

「まったく素敵な愛車だ」

爽は感心したように、大きく頷いて見せたのだった。

15　食前の会話　～苺～

いったいなんで、急に予定変更になったんだろう？

家に向かって自転車を漕《こ》ぎながら、苺は首を捻《ひね》った。

まったくわけのわからない店長さんだよ。

結局、再度マンションに行って駐輪場を確かめに行くことは中止になり、苺はあのまま家に帰っていいことになった。

それにしても、予想もしていなかったことばっかりだったな。

ブティックで何度も試着し、住む家を決め、ラストはなんとエステサロン。

全身美容を施《ほどこ》され、ピッカピカの身体で出てきた苺を眺め、藤原はいたく満足そうだった。

喜んでもらえてなによりだが……エステでの時間は正直しんどかった。ひとに身体を触られてあれこれやられるのって、馴染めないっていうか……

やれやれ、やっと終わったと思ったのに、会員証を手渡されて、週に一度通えだなんて……

はあぁ～。めんどくさいなぁ。この髪型は、まあ、気に入ったけど。

ずいぶんと待たせたはずだが、藤原は退屈していた様子ではなかった。待っている間、時間つぶしにどこかに行っていたのかも知れない。

それにしたって、『身綺麗になった』の言葉には、カッチーンときたよ。

どうせ、さっきまでの苺は汚かったさ！　と、できるものなら怒鳴ってやりたかった。

あの店長さん、上品だし、ずいぶんと丁寧な言葉遣いだけど……言葉に毒が混じってるんだよね。

結局、制服はどうなったんだろう？

けど、マンションに住むのはいつからでもいいって言ってもらえたもんね。ちゃんと鍵ももらったし。

ルンルン気分で家に帰り着いた苺は、自転車を玄関前に停め、家に入った。

「たっだいま～」

ご機嫌で、家の奥に向かって声をかける。

「おかえりなさ～い」

キッチンのほうから、いつものように真美が応えてくれた。

玄関先にバッグを置いて、洗面所に向かっていると、「おかえり、初仕事はどうだったのお？」という節子の声が近くで聞こえた。すでにパートの仕事から帰ってきていたらしい。

「ただいま。う～ん、まずまずだったよ」

洗面所に入った苺は、そこで、なにやらごそごそやっている節子と一瞬目を合わせて適当に報告した。

どうしたというのか、振り返って苺を一目見た節子が、ぎょっとした顔で「えっ？」と叫んだ。さらに、まじまじと見つめてくる。

「な、何？ お母さん、どったの？」

節子の反応に、苺までびっくりしてしまう。

「い、苺なの!?」

驚いた顔で節子が叫び、苺は戸惑った。

「へっ？ 決まってんじゃん、苺だよ」

「あんた、どうしたのよ、その髪。それに、したこともない化粧までしちゃって」

あ、ああ、そうか。この化粧と髪型……。そりゃあ、驚くよね。

「なんかね。苺の新しい仕事先は、身綺麗にしてないといけないみたいで……これくらいの化粧はしなきゃいけないらしいんだよね」

エステサロンに連れて行かれて……のくだりを口にするのはやめておく。説明がめんどくさい。

「まあ、稼ぐ前から、お金使わせるとこだわね。大丈夫なの？」

「大丈夫だよ。リーズナブルだもん」

藤原の口にした言葉が頭にぽんと浮かび、苺はにやつきながら答えた。

「は？」

「そういうことなの」

バシャバシャ手を洗ってうがいをし、苺はさっさと洗面所から出た。

苺が引っ越すと聞いたら、節子はいま以上にびっくりするに違いない。

にやつきながら階段を上がり、自室に入る。苺はベッドにポンと跳んで座った。

いつ引っ越そうか？　あの素敵なマンションなら、一日でも早く住みたい。

苺はバッグの中をあさり、ワンルームマンションの鍵を取り出した。

ちゃんとあるある。苺だけのお城の鍵！

それにしても、母の反応は面白かった。苺は机の上に置いてある鏡で、自分の姿を確認してみた。

エステでももちろん目にしたが、あそこはひとの目があったから、じっくり見ていない。

おおっ！

節子が驚くのも当然だ。いつもの苺とはかなり違っている。

化粧ひとつで、こんなにも変わるもんなんだなぁ～。

あ、あれっ？　そういえば……

苺は自分の周りを見回し、眉を寄せた。化粧品が入った紙袋がない。

そうか。店長さんの車の中だ。

もう一度ワンルームマンションに行くって話になってそのまま……

まあいっか。

でも、明日出勤したら、化粧をするように言われるのかな？

苺は眉をひそめた。化粧の仕方はひととおり教えてもらったが……下手くそな化粧をしたら、あの店長さん、絶対に渋い顔をするに違いないよ。

あっ、そうだ。岡島さんがいる。あのひとに頼めば、親切に教えてくれそうだ。

岡島は、素顔に近いナチュラルメイクだった気がする。あのひとの場合、もとが美女だから、化粧もそんなに必要ないのだろう。わたしも化粧するんなら、あのくらいがいいけどなぁ。

ヒールの高いパンプスを履いていたんだと思うけど……それにしたって背が高くて、足もすらりと長かった。

貴族の雰囲気を醸《かも》し出している藤原と、お似合いな女性だ。まさに美男美女カップルだ！

脳内でふたりを並べ、苺はうんうんと納得して頷いたのだった。

「いちごう」

夕食を前にして全員揃《そろ》ったところで、健太が話しかけてきた。

なんでいまかなと、舌打ちしたくなる。食べ始めるタイミングを、全員が逃すじゃないか。

だが、目の前の四人とも、夕食より苺に注目している。

「なあに？」

苺は渋々返事をした。

「お前、ショッピングセンターの、どこの店に雇われたんだ？」

宝飾店なのだが……宝飾店と自分の組み合わせが、いまだにしっくりしていない苺は、口にするのをためらった。

「アクセサリー……の、お店だけど……」

「あら、素敵ね」

真美が笑顔で言い、苺も笑みを浮かべて頷いた。

「ああ、それでか」

健太が納得した声を上げる。

「多少なりとも、小綺麗にしてくれとか言われたわけだ」

小馬鹿にしたような口ぶりの兄に、苺は必殺スペシャル光線入りの視線を向けた。

むかつくが、その通りだから文句は言えない。

「いいことじゃないの」

くすくす笑いながら母が言う。

「苺さん、とっても可愛いから、人気の店員さんになれるわね」

「真美、それはどうかな。このいちごうだぞ。ドジ店員ってとこだろ」

憎たらしい兄は、妻から妹に視線を巡らす間に表情まで変えやがる。

「いちごう、アクセサリーをぶちまけたり、足引っかけて陳列棚《ちんれつだな》をひっくり返したりしないように気をつけろよ。せっかく準社員として雇ってもらえたってのに、そんなことしたらあっという間にクビだぞ」

この野郎。なんちゅう嫌なことを言うのだ。いまの言葉で暗示をかけられ、ほんとにやらかしたらどうしてくれる。

「クビになんかなんないもん。それと、わたし、明日引っ越すからね！」

売り言葉に買い言葉で、苺は叫ぶように口にしていた。

「引っ越し？　苺、そりゃ、どういうことだ？」

兄妹のやり取りに、呑気《のんき》に笑っていた宏が、驚いて聞いてきた。

「引っ越しなんか必要ないだろ。ショッピングセンターはすぐそこじゃないか。これまで通り自転車で通えるだろ？」

「ワンルームにタダで住めるの。住まなきゃもったいないじゃん」

「あら、社宅ってこと？」

節子の言葉に苺は大きく頷いた。そのようなものだ。

「家賃は店持ちってことなのか？」

「うん、そうだよ」

「ショッピングセンターから近いのか？」

「うん。窓から見えた」

苺は声を弾ませて答えた。

「あら、住む部屋、もう見に行ったの？」

「うん。行った」

「家賃がいらないってのは結構な話だが……引っ越すとなると大変だぞ。引っ越し屋を頼む料金とかも、出してもらえるのか？」

「それは聞いてないけど……。でもね、洗濯機も冷蔵庫もあるの。家具もあるし、ベッドもあるから、引っ越しっていっても、服とか身の回りのものだけでいいんだ」

「あーあ、社員用に全部揃《そろ》えてくれてるわけね」

「そりゃ、社宅じゃなくて、寮みたいなもんだな」

節子と健太が納得したように言うと、真美も頷きながら口を開いた。

「わたしたちの会社にも三階建ての独身寮がありましたわ。洗濯機も冷蔵庫もベッドも全部備えつけらしくて。寮に住んでる友達のところに遊びにいったら、本当に物が揃っていて驚きました」

「しかしな、苺をひとりで住まわせるなんて……」

父の反論に、兄と母は揃って首を横に振った。

「いいじゃないの」

「俺もいいと思う。いちごうにとっちゃ、いい社会勉強だ」

「し、しかしなぁ～。なあ苺、ひとり暮らしなんて、お前ほんとにできるのか？　飯を誰かが作ってくれるってわけじゃないんだろう？」

「それも苺にはいい勉強よ。料理くらい満足に作れるようになってくれなきゃ。ここに住んでたんじゃ、わたしと真美ちゃんがいるもんだから、やろうともしないもの」

「だ、だがなぁ～」

「引っ越すっていっても、そこのショッピングセンターの近くだっていうじゃない。毎日でも帰ってこられるわよ」

節子の意見に、宏は渋々というように口を閉じた。

ようやく食前の会話に終止符が打たれ、苺はやっと食事にありつけたのだった。

16　真夜中の騒動　～爽～

目の前の惨状《さんじょう》を眺め、爽は疲れたため息をついた。

部屋中に物が散乱している。まだ手を付け始めたばかりなのに、あまりの物の多さに、すでに嫌気がさしていた。部下を呼んでやらせれば楽なのだが……。彼女にここを譲ったことを、まだ要にも吉田にも伝えていない。どうしてだか、言いたくないのだ。自分と彼女だけの秘密にしておきたい。

大平松は、今日も夕食作りにやってきた。彼が帰ってからしか、荷物に手をつけられなかった。おかげですでに二十一時を回ってしまっている。

爽は大きく息を吐き出し、作業に戻った。タンスも、クローゼットの中も空にしなければ。

このワンルームマンションには、玄関の近くに小さな物置程度の部屋がある。これらのもの全部、あそこに放り込んでしまおうかと思ったが、宝飾店のクローゼットに置いていたスーツの大半は、屋敷に運んでしまったことだし……ここにある服は、これからの避難場所となる２ＬＤＫに運んでおいたほうがいい。

要の配慮で、新しいロッカーに少しは残してくれたようだが、あの大きさのロッカーでは、せいぜい数着が限度だろう。

「スーツだけでなく、私服も必要だしな」

クローゼットから私服を取り出しながら呟いた爽は、それをソファの背もたれにかけた。すると、すでにうずたかく積まれていた服もろとも、雪崩《なだれ》のように床に落ちた。

「ああーっ」

情けない顔で叫び、眩暈《めまい》を感じて額に手を当てる。

落ち着け、爽。とにかく、段ボール箱か紙袋が、大量に必要だ。まずはそれを用意しよう。

そう考えたが、そこで問題に突き当たった。

それらのものを、どこで手に入れればいいのだ？　要と怜には頼れない。屋敷には羽歌乃がいるから、吉田をはじめ、屋敷の者にも頼るわけにはいかない。

困ったな。すでにこんな時間だし……。

部屋の中を歩き回りながら頭をフル回転させて考えたものの、ちっとも妙案が浮かばない。結局、四十分近く無駄にしてしまい、爽はやけっぱちになった。

「もういい。車のトランクに直接放り込んで、２ＬＤＫのマンションまで運んでしまえ！」

服を掴んで玄関まで運んでから、その作業が簡単ではないことに気づいた。

この部屋は十階。一度に抱えられる量は限られているから、エレベーターで何往復もしなければならない。しかも車に荷物がいっぱいになったら、２ＬＤＫのマンションまで運んでいかなければならないのだ。そして向こうについたら、また車と部屋とを何往復もして……

少なく見積もっても、三回は同じ作業を繰り返す必要がありそうだ。

爽はさじを投げた。

無理だな……明日の朝までかけたとしても、絶対に無理だ。

思わず肩を落として首を横に振った爽は、玄関の近くの扉に気づいた。

そうだった。物置があったんだ。確か、二畳か三畳ほどしかなかったはずだが……

こうなったら、やはり一時的に、ここに保管させてもらうとするか？　彼女にはわけを話して、あとで運び出せばいい。

もう他に方法はないと、爽は扉を開けた。

「あっ」

物置の中を見た爽は、唖然《あぜん》とした。

狭い物置の中には、彼が求めてやまなかった空の段ボール箱と紙袋が、大量に入っていた。

あー、疲れた……

すべての作業を終え、部屋を見回した爽は、大きなあくびをした。

もう駄目だ……もう動きたくない。

時間はすでに深夜三時を回ってしまっている。

一度、車で2LDKのマンションに運びこんだ。残っている荷物は、空になったクローゼットの中と、物置に入れてある。明日の着替えの分は、洗面所に置いておいた。

明日はまず、クローゼットの中のものをすべて運び出すとしよう。

それにしても、彼女がやってくるのではないかと期待していたのに……結局来なかった。

やってきたら、うまいこと丸め込んで手伝わせようと思っていたのに……

来なかった彼女に対してむかつきながら、爽はその場で服を脱ぎ始めた。下着以外、ソファに投げ、だるい身体を引きずるようにして風呂場に向かう。

疲れからくる強烈な睡魔に襲われながら熱いシャワーを浴びた爽は、適当に身体を拭き、ベッドに倒れ込んだ途端、あっという間に眠りについた。

17　したり顔の笑い　～苺～

翌朝、朝食を食べた苺は、ウキウキ気分で愛車に跨《また》がって出発した。

目的地は、あのワンルームマンションだ。仕事前に、マイルームを拝みたい。少しだけ私物も持ってきた。自分の荷物を置いたら、いっそう自分の部屋だという実感が持てそうだ。

もらった鍵がちゃんとポケットに入っているか、手を突っ込んで確かめる。

手に触れた鍵の冷たさが、苺をにんまりさせる。

目的の方向へ進んで行き、少し迷いはしたが、マンションはこの辺りでは大きな建物だったから、すぐに見つけられた。

ドアを前にして、なんとなく深呼吸をする。苺は神聖な気分で鍵を開けた。開錠《かいじょう》したカチリという音が、なんとも言えない満足感を与えてくれる。

それでも、誰もいない部屋に入っていくのはちょっと恐かった。

ここは、苺の部屋になるんだぞ。

恐がっている自分を苺はたしなめた。恐く感じたのは、部屋が暗いからだということに、彼女はあとから気づいた。

あ、あれっ？　昨日カーテンって、閉めて出たんだったっけ？

あのときわたしって、店長さんより先に出たんだっけ？

うん、出た気がする。それじゃ、このカーテン、店長さんが閉めたんだな。

苺は納得し、部屋を見回してにやにやした。

ほんとに素敵な部屋だ。なんたって、なんでも揃《そろ》ってる。

ベッドに目を向けた苺は、眉を寄せた。

ありょっ？　なんだか、ベッドの布団、まるでひとが寝てるみたいに盛り上がってないか？

ま、まさか……軽そうな掛け布団だから、浮き上がって、そう見えるだけだよ、きっと。

自分を納得させようと試みたが、やはり不安が拭えず、苺はそろそろとベッドに近づいていった。

ベッドの枕元のあたりに、分厚いファイルが置かれてあるのを見て、眉をひそめる。

こ、これ、見たことある。昨日、店長さんが……

苺は掛け布団に手をかけ、そ～っと捲《めく》ってみた。むくっと、ベッドに寝ていた人物が起きあがった。

「ぎゃーっ!!」

悲鳴を上げた苺は、腰がくだけてその場にへたりこんだ。

「鈴木さん。驚きましたよ」

そう言ったのは、藤原だった。

なんで、ここにいるのだ？　なんでこのベッドで寝てるんだ？

しかし、驚いたっていう割に、その顔、まるきし平常心じゃないか。しかも……店長さん、服を着てない。まっぱだ、まっぱ、まっぱだか！

「ふ、服、服！」

片手で目を覆いながら、藤原を指差し、苺は叫んだ。

藤原は自分の身体を見下ろし、「ああ」となんでもなさそうな声を出す。

な、な、なんで泊まってるのだ？　そこんとこはっきりさせてもらいたい。

昨日鍵をもらった時点で、ここは苺の住まいになったんじゃなかったのか？

「鈴木さん」

「は、はいっ」

「そこに置いてあるシャツ、取ってもらえませんか？」

藤原が示している方向に目を向けると、ソファの上に無造作に置いてある服に気づいた。

足をもつれさせながらソファに歩み寄った苺は、鷲掴《わしづか》みにしたすべての服を藤原に突き出した。

「どうも」

そっけなく礼を言った藤原は、シャツだけを取り、さっと羽織った。

「すみませんでした」

突然の謝罪に、苺は藤原を見つめた。

「驚かせてしまって。今朝いらっしゃるとは思わなかったので」

ひとつふたつとシャツのボタンを留めながら言う。

「……後ろを、向いていていただけますか？　男がズボンを穿《は》いている姿を眺める趣味など、鈴木さんにはおありではないでしょう？」

「あぁ～り、り、りまへん」

苺はしどろもどろに言いつつ、後ろを向いた。

「鈴木さん」

「は、はいぃっ」

「ズボンを、まだ受け取っていないのですが」

腕に抱きしめていた藤原の服に気づき、苺は慌てて振り返ると、それらすべてを彼に向けて放り投げ、また前を向いた。背後で着替えているとはっきりわかる衣擦《きぬず》れの音がし、よからぬ妄想が頭に浮かび、苺は耳までも真っ赤になった。

なんて場面に出くわしちゃったんだ！　け、けど、苺は悪くないよね？　だってここは、苺のワンルームになったはずなのだ。

そのとき、藤原がすっと苺の横をすり抜け、彼女は「ぎゃっ」と飛び退いた。

「襲ったりはしませんよ」

藤原はそう言いながら洗面所のドアの向こうへと消えた。

な、なんだったんだぁ？

苺は眉を寄せ、ベッドを振り返った。

ベッドの上には、彼のスーツの上着とネクタイが残っている。

な、なんか、いまさらドキドキしてきたぁ。

苺は心臓を押さえつつ、ソファにぽふっと座った。

あっ、ふっかふかだぁ～。

一瞬、にゃはっと笑った苺だが、のほほんとしている場合じゃないのだと、気を引き締めた。

十分くらいして藤原は戻ってきた。シャワーを浴びたらしく、髪が濡れたままだ。

さらにシャツのボタンは胸元が開きっぱなし。髪は濡れてるわ乱れてるわで……な、なんていうのか、こういうの……ワイルドっていうの？

いつものきちんとして上品な彼とは、まるきり別人に見えるくらい、印象が違う。

ワイルド店長は、「ふっ」と小さく息を吐き、苺の隣にどさりと腰かけてきた。

藤原の身体の重みで、ソファのスプリングがバウンドし、苺もバウンドした。

「あ、あの……？」

「紅茶が飲みたいですね」

ひどく物憂《ものう》げに、藤原が言った。

「はっ？　こ、紅茶？」

な、なんで苺が、紅茶を淹《い》れなきゃならないんだ？

ここは苺のワンルームで、彼は不法侵入者……

「キッチンに揃《そろ》っています。淹れてくださいませんか？」

クールな流し目でお願いされ、どきりとした瞬間、苺はパッと立ち上がっていた。

「はっ、はい」

慌てて返事をし、そのままあたふたとキッチンに入る。

よくわからない状況だが……考えたら苺は店長さんの部下だもんね。命じられたら、従うべきなのかもしれない。納得できない気持ちも、かーなーり、残ってるけど……

えーっと、紅茶か……まずはお湯を沸かさないとね。

ヤカンはどこだろ？　あとカップと……紅茶のティーバッグ。

水を入れたヤカンをコンロにかけてから、キッチンのあちこちを開けて、紅茶のティーバッグを探し回ったが、見つけられない。

ヤカンがシューシュー湯気を立て始めたところで、痺れを切らした様子で、藤原がやってきた。

「鈴木さん、時間がかかりすぎですよ。貴女は紅茶も満足に淹れられないんですか？」

苛立ち混じりの叱責《しっせき》を食らい、苺は涙目になった。

「すっ、すみません。ティーバッグが見つけられなくて……」

「ティーバッグ？　茶葉はここですよ」

藤原は苺の頭上に手を差し上げ、ガラス戸棚から缶を取り出すと、それを手渡してきた。

「これですか？　こんな缶に入ってるなんて、変わってますね」

「普通でしょう。ポットは？　出ていませんね」

「ポット？」

戸惑って聞き返した苺に、藤原はじとっと、粘り気のある視線を向けてきた。

「あ、あの？」

「そこに立って、私のやることを見ていなさい」

ソフトな響きの声だったが、呆れられているのがわかる。

「は……い」

苺はしょんぼりと返事をした。不合格の烙印《らくいん》を押された気がしてならない。

あまりの気まずさに、苺はキッチンの隅《すみ》で小さくなった。

その間も、ワイルド店長は流れるような動きで紅茶を淹《い》れたのだった。


藤原が淹れた紅茶を、苺は彼の隣に腰かけて、自分を情けなく思いながら飲んだ。

藍原というひとが淹れてくれた紅茶と、同じくらいおいしかった。

「あっ、あの。次はちゃんと淹れられるようにします」

「ええ」

その返事はやわらかなのに、皮肉がこもっているように聞こえてならず、苺はビクビクした。

「と、とっても綺麗なカップですね」

「気に入ったなら、置いておきますよ」

「これも？　い、いいんですか？」

「ええ。ここにあるものはなんでも……。こちらも持ち出す手間が省《はぶ》けていい」

「う、嬉しいです」

気後れしつつも朗《ほが》らかに返事をすると、藤原はけだるそうに息を吐いた。なにやら、ずいぶんと疲れておいでのようだ。

「鈴木さん」

「は、はいっ」

「あの愛車で、いらしたんですか？」

「はい、そうですけど……」

苺が頷くと藤原の口元に笑みが浮かんだ。ワイルドさがさらに増し、苺は心臓がバクバクした。

いや、心臓をバクバクさせている場合じゃないのだ。ここはすでに苺の部屋だということを、店長さんに認識してもらわないと……

「あの、今日からここに住むつもりなんですけど……」

遠慮しつつ言うと、藤原は紅茶を飲みながら「わかりました」とあっさり答える。

苺は思わず、上掛けの乱れたベッドにちらりと目を向けた。

今夜、苺、あのベッドで寝るんだけど……今朝は店長さんが寝てて……

明日の朝、目が覚めたら、店長さんが横に寝てるなんてことには……まさかなんないよね？

「鈴木さん、何を考えていらっしゃるんですか？」

「は、はへっ」

藤原に話しかけられ、ベッドのほうを見ていた苺は、慌てて顔を戻した。

「なっ、何も考えて、い、いらっしゃいません」

「鈴木さん」

「は、はいっ」

「敬語の使い方を、もっと学んだほうがよろしいですね」

日頃気にしていることをクールに指摘され、苺は真っ赤になった。

「鈴木さん、笑って」

突如《とつじょ》そんなことを言い出した藤原を、苺は戸惑いながら見返す。

「笑って」

命令するように繰り返され、思わずにっと笑うと、藤原のひとさし指が、苺のえくぼをぷすりと突く。頬を引きつらせている苺を見つめ、彼はしたり顔で笑った。

18 面白すぎる彼女 ～爽～

朝食を食べながら、所在なさそうにもじもじしている苺に、爽は視線を向けた。

ソファに並んで座っているため、彼女よりも上背のある爽が見つめていることに気づかない。

今日は紅茶の淹《い》れ方を、徹底的に教えてやるとしよう。教えるのがいまから楽しみだ。

まあ、紅茶が飲みたくて淹れてくれるように頼んだのに、スムーズに出てこなかったことには苛立ちを感じたが……あれは、睡眠が足りていなかったせいだ。

それでも、彼女がやってきてくれて嬉しい。それにありがたい。

これで、彼女にあの荷物を運んでもらえる。自分はすでに、体力の……いや、気力の限界だ。

「あ、あの。苺、片づけるですよ」

慌てて苺が言い、爽は頷いたものの、彼女の言葉遣いに、内心呆れて首を横に振った。

正しく訂正してやろうかと思う一方で、それを拒む自分がいる。

このままでいいではないか。この言葉遣いも、彼女の個性だ。正してしまっては、彼女らしさが消えてしまう。普通になどなってほしくない。

彼女がキッチンで洗い物をしている間、爽はパソコンを開いてメールのチェックを始めたが、どうにも目がしょぼつく。込み上げてくる欠伸《あくび》をかみ殺し、なんとかディスプレイに表示された文字を追う。

今日はお楽しみがたくさんあるじゃないか。しっかり目を開け。

自分に言い聞かせていると、片づけを終えたらしい苺が戻ってきた。

「終わりました」

「そうですか。それでは、そこのクローゼットを開けてください」

「は、はい？　クローゼットですか？」

面食らったような返事に、それもそうかと思う。説明が足りていなかった。

「私物が入っているのですよ。持ち出そうと、整理してみたら、思った以上に大量にあって……。中に入っているもの全部、私の車まで運んでください」

爽は車の鍵を取り出し、彼女に差し出した。

苺は戸惑った表情のまま、鍵を受け取ると、クローゼットを開けた。

「す、すっごい量ですね」

昨夜は本当に大変な目に遭《あ》った。クローゼットの中に詰まっている紙袋を見つめ、この三倍は車に運んだなと、苦労を思い返す。

紙袋を手に取った苺は、昨夜、爽がしたのと同じように、もくもくと車と部屋とを往復し始めた。

荷物を運び終わったのを確認した爽は、パソコンを閉じて立ち上がった。

「ご苦労様でした。では、行きましょう」

ねぎらいの声をかけ、玄関へと促がす。

私物をすべて撤去できたわけではないが……いまのところはいいだろう。

苺に隠れて、欠伸《あくび》をかみ殺しながら、爽はエレベーターに向かって歩いて行った。

車に乗り込んだ爽は、一緒に降りてきたはずの苺の姿が見えず、眉を寄せた。

どこに行ってしまったんだ？

きょろきょろと周りを見まわした爽は、そうだったと思い出した。

彼女は駐輪場だ。愛車を取りに向かったのだろう。別に、自転車など使わず、この車に乗って行けばいいのに……

駐車場から出ていくと、自転車に乗った苺がいた。爽の車を見て合図のように手を振り、彼女も走り出した。

どうやら自分が出て来るのを待っていたらしい。笑いが込み上げてならない。車と自転車では、どのみち一緒には行けないのに……

結局、爽は愛車を漕《こ》いでいる苺をあっという間に追い越した。すぐに距離が開き、苺は爽の車に遅れまいと、かなり頑張っていたようだが、爽が交差点を曲がると、姿はもう見えなくなった。

ショッピングセンターに着くと、駐車場のところに要がいた。

「爽様」

「ああ、待っていてくれたのか。すまなかったな。今日は、お前は休みなのに」

火曜と水曜日が要の休みだ。ちなみに爽の休みは月曜と木曜日。怜は金曜日と土曜日だ。苺はもちろん爽と同じ曜日にした。

「いえ。他にも所用がありますので。では、これを」

要が差し出してきたのは、頼んでおいた苺の社員証と通行証だ。

「ありがとう」

「爽様。もしや鈴木さんがおいでになるまで、ここでお待ちになるのですか？」

「ああ、そろそろ来るはずだからな」

苺がやってくると思われる方向を見つめ、つい確信のこもった言い方をしてしまい、爽はしまったと思った。案の定、要は意味ありげな視線を爽に向けてくる。

「用事があるんだろう？　要、早く行け」

追い払うように言うと、要はにこりと笑み、頭を下げて従業員専用出入り口に向かっていった。

爽は苺がやってこないかと、視線を巡らした。すると自転車を漕いでやってくる苺が見えた。

ハアハア、息を切らせつつ、彼女は爽が指示した駐車場までやってくると、そのど真ん中に、当然のように自転車を停めた。爽は噴き出さないようにするので、精一杯だった。

鈴木苺、彼女は面白すぎる。

19　下っ端店員妄想劇　～苺～

なんなんだよ、もおっ。

店長さんってば、苺のことを、まるで観察するような目でじっと見ている。

何もおかしなことはしてないよね？　苺はただ、駐車場に愛車を停めただけだもん。

同時にマンションを出たけど、藤原の車はあっという間に見えなくなった。必死に追いかけたが、やはり車の速度には勝てない。

しかし、店長さんは知れば知るほど、よくわからなくなる。厳しさは一級品だし、小言も苺の母以上な気がする。大丈夫かなぁ？　結局ワンルームマンションでの生活を楽しむことなく、今日クビになっちゃうかもしれないよ。

苺は不安を抱えつつ、自分の車に寄りかかっている藤原に歩み寄っていった。

いまはもうネクタイを締め、ワイルド店長ではなくなっている。

藤原はあのマンションに、着替えなどの私物をかなり持ち込んでいて、昨夜はそれを運び出すつもりでマンションに来たとのことだった。そして、結局そのまま寝てしまったらしい。

それにしても、朝っぱらからずいぶんと運動させられた。大量の荷物を、藤原の車まで、四回も往復して運んだのだ。中でも本を詰め込んだ段ボールは、物凄く重かった。なのに彼はまったく手伝ってくれず、苺が運び終わるまで、気難しい表情でノートパソコンを開いてなにやらやっていた。

どうせ下まで降りるんだし、最後のひとつくらい運ぶの手伝ってくれればいいのにと、正直思った。

そしたら三回で済んだのにさ……

しょせん、苺は下っ端の部下。このひとは上司なんだもんな。

「それでは行きましょう。そうそう、鈴木さん、これを」

藤原はポケットから何か取り出し、苺に手渡してきた。

「社員証明書です。これが通行証になりますから」

「はい」

ドキドキしながら受け取った苺は、本当の本当に社員になれたんだなあと、感慨に浸った。

社員専用の入り口から入るのは初めてで、なんとなく誉《ほま》れを感じた。

関係者以外立ち入り禁止のプレートが、苺の自尊心をこちょこちょとくすぐる。

狭い通路に入り、宝飾店の裏口のドアから藤原が中に入る。苺もそれに続く。

「爽様」

凛々《りり》しい店員の声だ。このひとは藍原さんだったな。

「ああ」

挨拶を返している藤原の後ろから、苺はひょこっと顔を出し、藍原に笑顔を向けた。

店長さんは格上だけど、凛々しい店員さんは、苺の同僚で先輩だ。

うーん、先輩かぁ。

「おはようございま～す」

笑みを浮かべた苺は、藍原に親しげな挨拶をした。

「鈴木さん、おはようございます。今朝は爽様とご一緒だったのですか？」

「ご一緒じゃ……」

「ああ。寝ているところを襲われた」

な、なんてことを言うんだ、この店長野郎っ！

藍原は、藤原のとんでもない発言に驚いている。

「襲ってません、襲ってません」

苺は慌てて両手を顔の前で振った。

「鈴木さん」

なぜなのかわからないが、藤原のその声はひどく冷たく聞こえた。振り返ってみると表情まで冷たく、苺はビビリながら「は、はい」と返事をした。

「更衣室を用意しておきました。着替えはそこで」

苺、なんかしたか？　したのか？

更衣室？

「もともとここは、爽様の個室だったのですよ」

「爽様の個室？」

おうむ返しに繰り返すと、藤原は「要！」ときつく叫んだ。

「口を噤《つぐ》め。余計なことだ」

「申し訳ありません」

藍原は謝罪したが、悪いことをしたとは思っていないようだった。

「あ、あのぉ？」

いままた出てきたそう様という名前。やはり、藤原のことらしい。

「なんです？」

「そう様なんですか？」

苺は、藤原を指差して尋ねた。

「そうですよ」

眉を寄せた藤原が答えた途端、藍原が小さく噴き出した。

「要！」

「すみません」

再び叱責《しっせき》を受け、藍原は謝りつつも、笑い続けている。藤原は藍原に睨みを向けるも、相手にしても無駄だと思ったのか、苺のほうを向いてきた。

「藤原爽、それが私の名前ですよ。彼は藍原要。昨日入れ違いにやってきたのが、岡島怜です。私を含めた三人が常勤で、必要に応じて応援のスタッフが入ります」

店長さんが藤原爽で、凛々しい店員さんが藍原要で、そしてあの美女さんは岡島怜。そして、必要に応じて応援のスタッフさんが入る……と。ちょいと意味がよくわからないが……

「そ、そうですか。そうさま」

自分も爽様と呼ばなければならないんじゃないかと思い、最後に爽様とつけ加えたのだが、まるきりとってつけたような感じになり、苺は恥ずかしくなった。

「鈴木さん、貴女は私をそう呼ぶ必要はありません。そんなことより、早くこっちに来てください」

藤原は、まだ笑いを噛み殺している藍原に鋭い睨みを向け、苺を更衣室に押し込んだ。

部屋は更衣室という雰囲気ではなかった。洒落《しゃれ》たテーブルとドレッサーがあり、大きな姿見《すがたみ》もある。

「これ、店長さんのでしょう？　わたしが使わせてもらってもいいんですか？」

先ほどの藍原の言葉を思い出し、苺は藤原に聞いた。

「ドレッサーなど使ったことはありませんよ。貴女に必要だと思って用意したものです」

用意？　苺のために？

「そ、そうなんですか。なんか、色々すみません」

苺は申し訳なさを感じて、深々と頭を下げた。

今日にも、辞めさせることになるかもしれない準社員のために……いいのかなぁ？

「昨日の化粧品はそこに置いておきました。それと、制服はここに」

壁かと思っていたところは、クローゼットだったらしい。藤原が扉を開くと、中に見覚えのあるワンピースがぶら下がっていて、苺は思わずワンピースに飛びついた。

「こ、これっ。これ、買ったんですか？」

桃色のワンピースに触れた苺は、瞳をキラキラと輝かせた。

「それは駄目ですよ」

「えっ？」

駄目？　なーんだ、これは苺のじゃないのか。……とすると、誰の？

頭に岡島の顔が浮かび、苺は腑《ふ》に落ちた。

そうか……これは岡島さんのために買ったものなんだ。店長さん、昨日苺が試着したのを見て、岡島さんに似合うと思って……

この更衣室は、女子用なのだろう。

あれっ、でもこの部屋、爽様……店長さんの個室だったとかって、藍原さん、言ってたよね？

考えてもよくわからず、苺は考えるのを止めた。

でも……この桃色のワンピース。ひがみとかじゃなくて、岡島さんのイメージじゃないと思うんだけどな。

スレンダーな岡島は、黒とかグレーのシックなドレスが絶対似合う。

苺は、ずらりと並んでいる他の服を見つめた。

ここに並んでいるスーツは、ほとんどが岡島のものに違いない。昨日は地味めのパンツスーツを着ていたけど……こっちのスーツのほうが岡島には似合いそうだ。

とすると、苺のは？

「あの、わたしのはどれなんですか？」

苺の質問を聞いた藤原は、意味を理解しかねるというように、ほんの少し眉を寄せた。

「全部に決まっていますよ」

「は、はいっ？　えっ、でも……この桃色のワンピースは、岡島さんのなんですよね？」

苺の言葉を聞いて、なぜだか藤原は表情を消した。空気が一変した……そんな感じだった。

「あ……の？」

苺はハッとした。

も、もしかして、岡島さんは店長さんの恋人で、ふたりは喧嘩《けんか》してるんじゃないのか？

苺はまたハッとした。

喧嘩の原因、も、もしや苺なんじゃ……

あのワンルームマンションは、藤原の別荘のようなものだったのに、そこに苺が住まわせてもらうことになったから、岡島はあらぬ誤解をしたのではないか？

「喧嘩したんですか？」

藤原は返事をせずに、じっと見つめてくる。

こ、この沈黙……やっぱり、ビンゴなの？

ひどくいたたまれない気分になったところで、藤原はやっと口を開いた。

「鈴木さん……誰と？　とお聞きしてもよろしいですか？」

「も、もちろん、岡島さんですけど……」

「……」

おずおずと言うと、藤原はまた黙り込んだ。

「あ、あのぉ？」

「そのワンピースは外出用です」

なんの脈絡もなしに言われ、苺は戸惑った。

それって、こいつはやっぱり、苺のためのワンピースってこと？　けど、外出用？

「あの、外出するんですか？　これ着て、わたしが？」

「必要に応じて」

藤原はクローゼットの中に手を突っ込み、ハンガーごと服を取り出し、それを苺に差し出してきた。

「今日はこれを着ていただきます」

差し出された服を受け取ると、藤原はさらに続ける。

「化粧は道化師のようにならないように。時間は止まってはくれませんよ。スムーズに着替えなさい」

藤原は早口に命じ、ドアから出て行った。

なんだって？　道化師？　失礼しちゃうよ！

ぷりぷりしつつ、受け取った服に目を落とした苺は、唖然《あぜん》とした。

こ、これは？

丈の長い黒のワンピースは、どこぞで見たことのあるようなデザインだ。

それに、この真っ白なひらひらのついたのって……どうみてもエプロン……だよね？

そのとき、ころりと何かが落ちた。視線を向けた苺は、パチパチと瞬《まばた》きしてしまう。

こ、こういうのって、メイドとかいう職種のひとが、頭につけてたりなんかしないか？

宝飾品店の店員なのに……な、なんで？

だいたいこんな服、試着しなかったのに……

もちろん間違いで紛れ込んだわけじゃないのだろう。藤原はわざわざこれを取り出して、苺に着るように命じてきたのだ。

苺はクローゼットの中にぶら下がっている服を確かめてみた。

色もデザインも違うメイド服が、あと二着もあった。

あの店長さん、こういう趣味なのか？　宝飾店の店員がこんなの着て、お客様を迎えたりしたら、お客様が引いちゃうぞ。

こんなの着るなんてありえないと思いつつも、店長に命じられた以上、従わないわけにはいかず、苺は服を着替えた。

店長さん、岡島さんと仲違いして、ヤケクソになってんじゃないのか？

もうどうにでもなれ！　みたいな気分で、衝動買いしてしまったのだろう。

早く仲直りしてくれるといいけど……

そんな希望を胸に、頭にフリルつきのカチューシャをつけた苺は、姿見《すがたみ》にメイドな自分の姿を映して顔を歪《ゆが》めた。

あんたはしょせん雇われの身なのだよ……苺。あの意地悪継母《ままはは》のような店長さんに虐《しいた》げられている、可哀想な下っ端店員なのだわ……

苺は、苛《いじ》められて苦しむ自分を妄想し、よよよっとソファの背に寄りかかりつつ膝を折り、泣き崩れる真似をしたのだった。

20　望むは、わずかな成長　～爽～

椅子に座った爽は、指の先でコツコツとテーブルを叩きながら、苺のいる更衣室のドアに視線を向けた。手元にはファイルがあるのだが、苺が出てくるのをいまかいまかと待っている彼は、とても集中できない。

渡された服がメイド服だと気づいて、きっと驚いただろう……できればその反応をじっくり見たかったのだが、女性の更衣室にいつまでも留まってはいられない。

彼女の制服にスーツを購入したが、しっかりと研修期間を終えるまでは店頭には出せない。そう考えた時、ふと思いついたのだ。彼女をびっくりさせるような制服を用意しようと。それでメイド服を三点購入した。一枚はオーソドックスなもの。あとの二枚は少し遊んだが、スカート丈はどれも長めだ。短いスカートなど着せられない。メイド姿の彼女を見るのは爽だけではないし、節度は守らねばならない。

化粧に慣れていないようだから、もしや失敗して出てこられなくなっているのではないのか？

タヌキのような顔になった苺が脳裏《のうり》に浮かんでしまい、思わず小さく噴き出してしまう。くすくす笑っていた爽は、スタッフの更衣室に要がいることを思い出し、笑いをひっこめた。

まるで間の悪いときをはかったかのように要は現れる。切れ者なのはいいが、そのぶん厄介なやつで困る。駐車場で爽がちょっと口を滑らせたために、出勤前にふたりが一緒にいた事実に気づかれたし……

苺にも、ふたり一緒に来たのかとカマをかけるような発言をしたから、今度は逆に要を混乱させてやろうと、わざと寝ているところを襲われたと言ってやったのだ。それなりに驚いた顔をしていたが……

あのワンルームマンションを彼女に提供したことは、なんとしてでも内緒にしておきたい。

それにしても、寝ているところを襲われたと言ったら、必死になって否定してきて……

あの反応には、いささかむっとした。

まさか彼女、要に好意を抱いているのだろうか？　もしそうなら、面白くない。

テーブルに肘《ひじ》をつき顎《あご》に手を当てて考え込んでいた爽は、そんな自分の思いに顔をしかめた。

別に……私は、彼女を異性として意識しているわけではないぞ。楽しめる対象物として、しばらく側に置いておきたいと思っているだけで……

そんな存在が、別の物に夢中になっていたら、面白くないということなのだ。

彼女は一般的な女性から、かなり外れているからな。そこが面白い。

さてと……

爽は苺のいる更衣室に歩み寄った。

「鈴木さん、まだですか？」

まるで呼び掛けられるのを待っていたかのような素早さでドアが開いた。そして、ようやく待ち望んでいた彼女が出てきた。

苺は、すっかりメイドに変身していた。このメイド服を選んだのは自分だが、想像していたものとは、まるで違う。着る者によって服のイメージはがらりと変わるということか。

購入した三着の中では、一番オーソドックスなデザインのものなのだが……可愛いな……胸のリボンと、頭にくっついているフリルのカチューシャが特に……

苺は爽の反応を、じーっと窺《うかが》っている。笑いが込み上げてならなかったが、爽は口元に力を入れて、どうにか真顔を保った。それがわかるのだろう、彼女は無言で喧嘩《けんか》を売るような目つきをした。

面白いな。目で語るとはこのことだな。

それにしても……彼女、これで化粧をしているのか？　しているようには見えないのだが？

道化師のような化粧はするなと注意を促したから、わざと薄い化粧をしているとか？

「鈴木さん」

「な、なんですか？」

今度はなぜか恐れの眼差しを向けてくる。

別に恐がらせてなどいないのに……私の何が恐いというのか？

「化粧は？　しているんですか？」

問いかけた瞬間、苺は「し、しまった」と小声で叫んだ。どうやら化粧をするのを忘れたらしい。出てくるまで、ずいぶん時間がかかったのに……

ああ、そうか、このメイド服に困惑していたんだな。

「まあ、今日のところはいいでしょう」

そう言うと、彼女はあからさまにほっとする。

さて、では、新人研修といこうか……

「鈴木さんには、しばらくの間、礼儀作法を学んでいただくために、裏方の仕事をお願いしようと思っています」

礼儀作法という言葉を聞いて、その瞬間はショックの色を浮かべた苺だったが、渋々納得したようだ。

「裏方ですか？」

まさかメイド服を着て、裏方仕事をやらされるとは思っていなかったのだろう。宝飾店の店員として雇われたのだから、店員の仕事をやると思っても当然か……。普通ならばそうだろう。だが、ここは爽が己の楽しみのために経営している宝飾店……やりたいようにやる。

「ええ。紅茶の淹《い》れ方もマスターしていただきたいですし……」

今朝のことをあてつけるように言ってみる。

苺は居心地悪そうな表情になり、その頬がぽっと赤らんだ。

この表情、誰にも見せたくないな……

胸の内によぎった思いに、どきりとし、爽は自分自身を誤魔化すように話を続けた。

「スタッフの昼食の用意などもお願いしたいと思っています」

見つめられているのが恥ずかしいのか、彼女はもじもじしながら聞いている。自分を意識している様子は、それなりに気分がいい。

「同時にお客様への正しい接し方や、敬語の使い方なども学んでいただこうと思います」

普段の言葉遣いにまで文句をつける気はないが、お客様に対しては、『苺語』はやめてもらわないと困る。とっさに出てきた、苺語という言葉に、爽は自分でウケた。確かに、彼女の個性的な話し方は、苺語と呼ぶにふさわしいかもしれない。

「それでは、まず紅茶の淹《い》れ方を覚えてください」

爽は苺を促し、給湯室となっている部屋に連れていった。

紅茶の淹れ方を一通りレクチャーし、コツを伝授する。さらに、爽好みの淹れ方を教え込んだ。

「わかりましたか?」

聞き返してくることもなく、もう一度説明をと頼んでくることもなく、ひたすらこくこくと頷きながら聞いていた苺に、確認してみる。

苺は口元をヒクヒクさせながら、おずおずと爽の目を見返してきた。

「まあ、ぼちぼち……」

ぼちぼち?

予想から大きく外れた返事に面食らい、じっと苺を見つめてしまう。

目を泳がせた苺は、ごくりと唾《つば》を呑み込んで「頑張って、お、覚えますです」と口にした。

『覚えますです』に対して突っ込もうかと数秒悩んだ爽だったが、やめることにする。いまは言葉遣いの練習ではなく紅茶の淹れ方を覚えているところなのだから、こちらに集中させたほうがいい。

「期待していますよ」

飛躍的な成長など望んではいない。わずかな成長を期待し、爽は言った。

21　逆転満塁ホームラン　～苺～

藤原の口にした、『期待』という言葉は、鉛《なまり》のように重かった。

紅茶を淹れるだけなのに、それがこんなにも難しいことだとは思いもしていなかった。

紅茶なんて、ティーバッグをカップにポンと入れて、お湯を注いで、「はい、できあがり」でよさそうなもんなのにさ……。

紅茶にはたくさんの種類があることを、苺は初めて知った。家に常備してある紅茶のティーバッグは、毎度お馴染みの同じメーカーのもので、それ以外のティーバッグなどない。

さらに、茶葉にはそれぞれ特徴があり、淹《い》れ方にもポイントがあるのだそうだ。レモンティーに向くもの、ミルクティーに向くもの……

苺は、藤原の好みの味について、細か〜い説明を受けた。

覚えられたかって？　もちろん、一度聞いたくらいじゃ、苺の脳にすり込まれるわけがないのだよ。あんま、興味ないしさ……でも仕事だもんなぁ〜。

正直、もう頭が爆発しそうだ。なのに、この先まだ礼儀作法をしこまれるみたいだし……宝飾店の店員になったはずなのに……なぜメイド服着て、こんなことをしなければならないんだろう？

メイド服を着た苺を見て藤原は、露骨に笑いこそしなかったものの、顎《あご》に力が入っていたのは間違いない。絶対、苺をメイド姿にして笑い者にしてる。

裏方仕事、いったいいつまで続くんだろうなぁ？

やっぱり、店長さんから合格点をもらえるまでか……

しばらくの間、店頭には立たず、この部屋で裏方仕事をしながら、接客を学ぶことになるらしい。すぐにお店に出て、お客の対応をしないで済むというのは、正直ほっとしたのだが…。紅茶も満足に淹れられないんじゃ、当分は無理そう……

そのとき苺は、重大なことを思い出した。

そっ、そうだった！　わたし、今日の昼でクビになるかもしれないんだ！

まさか、スタッフの昼食の用意が、苺の仕事に含まれていたとは……

もう大ピンチだよ。クビが決まったようなもんだよ。お昼になるのが恐いよぉ。

「鈴木さん」

顔をしかめていた苺は、藤原の呼びかけにハッとして顔を上げた。

「は、はいっ」

そ、そうだった。いま紅茶を淹れてるところで……

「も、もうそろそろいいと思うです」

そう言ったものの、すでに時間を置きすぎたようだ。

「そっ、注いでみます」

失敗を確信しつつ、ポットを取り上げ、カップに注ぐ。

やっぱり、色が濃すぎる。

「飲んでみなさい」

そう言われ、苺は顔をしかめた。この口調は、すでに不合格をもらったようなものだ。

藤原は見ただけで、おいしいかまずいか、味が判断できるらしい。

苺は仕方なくカップに口をつけた。

うぎょっ。にがっ。

「渋いですよね？」

苺は肩を落として頷いた。思わずため息が出る。

「こういうときは、差し湯をするか……」

藤原が説明していたそのとき、給湯室のドアの向こうから、電話のベルらしき音が聞こえてきた。

「あっ、電話がかかってきたですね」

電話に出るのは部下の務めと、苺は急いで給湯室から出たが、藤原に止められた。

「私が出ましょう」

すっと前に出て、藤原は受話器を取り上げる。

「はい。……ああ、わかった。すぐに行く」

おっ、店長さん……もしやこれからお出かけなのか？

紅茶地獄から解放されると、苺は胸を撫で下ろした。

「鈴木さん、一緒について来てください」

ついて来いって……なんで苺が？　だいたい、どこに行くというのだ？

「鈴木さん、行きますよ」

裏口のドアから、藤原が催促《さいそく》してきて、苺は慌てて駆け寄った。

さっさと外に出ようとする彼を、苺は焦《あせ》って呼び止めた。

「て、店長さん、こんな姿で出て行けないですよ」

「構いませんよ」

振り返った藤原は、メイドな苺を見つめ、あっさりと言う。

か、構うんだよ。苺は構うんだ。

「その服は、店内ではさほど注目を集めませんよ」

「店内？　外には行かないんですか？」

ショッピングセンターの中だって、充分問題ありだと思ったが、外出はしないとわかって、いくぶんほっとする。

結局、上司の命令を拒否できず、彼女は嫌々藤原のあとについていった。

向かった先は、社員専用出入り口だった。

目の前に高級車が横づけされていて、車の外にスーツ姿の男性が立っている。

そのひとは、藤原の姿を目にして、ひどくぎょっとした。そして、そんな反応を見せてしまったことに焦ったらしく、慌てて深々と頭を下げる。

「こ、これは爽様」

その強張った口調とお辞儀の様を見る限り、どうもここに藤原がやってくるとは思っていなかったらしい。

「荷物は？」

緊張した様子でいる男のひとに、藤原はそっけなく尋ねた。

「は、はい。すぐに」

男のひとはあたふたしながら後部座席のドアを開け、大きな荷物をふたつ取り出す。そして、苺を窺《うかが》うように見たあと、苺に荷物を差し出してきた。

「ひとつは私が運ぼう」

店長さんは、そう言いながら荷物をひとつ取り上げた。男のひとは、物凄く驚いたようだ。

「そ、爽様。それでしたら、わ、私が……」

「必要ない。鈴木さん、もうひとつのほうを受け取りなさい。戻りますよ」

「は、はいっ」

おろおろしている男のひとから受け取ろうとしたが、男のひとはなぜか握り締めたまま離そうとしない。

「爽様。私が運びますので」

「私の言葉が聞こえなかったのですか？」

眉を寄せた藤原は、厳しい口調で言う。

「も、申し訳ありません」

男のひとはどうしていいやらわからぬようで、かなり混乱しているようだ。それでも、ようやく荷物を渡してくれた。

藤原は、さっさと来た道を戻る。苺もすぐに続いたが、一度だけ男のひとを振り返ってみた。所在なさそうに突っ立っている様は、ちょっと可哀想な感じだった。

自分から運ぶと申し出たのだから、気にすることなんてないのにな。好きに運ばせとけばいいのだ。

楽でいいじゃないか。もちろん、か弱い乙女の苺が……

しかし、こいつの中身はなんなのだ？　けっこうな重みがあるけど……

これふたつは厳しいよ。店長さんがひとつ持ってくれてよかった。

「店長さん、これ、なんなんですか？」

前を歩く藤原に遅れないように、小走りでついてゆきながら苺は尋ねた。

藤原は足が長いからか、そんなに急いでいるようにも見えないのに、歩くのが速い。

「昼食ですよ」

昼食？

苺は手にしている大きな袋の中を覗き込んだ。

何かパックのようなものが、いっぱい入っているようだが……もしや、お弁当？

「わたしが作るんじゃなかったんですか？」

藤原は急に立ち止まり、振り向いてきた。

「意外ですね。お料理はお得意でしたか？」

その言葉には、紅茶も満足に淹《い》れられない苺に、まともな料理など作れはしないだろうという含みがあった。もちろん、家族に料理の腕をさんざんけなされている身、反論はできぬ。

「お得意じゃないですよ」

苺は渋々認めた。藤原は苺を見つめて、何も言わずにくるりと背を向け、スタスタと歩き出した。

絶対笑ってる。苺は確信した。


店に戻ると、そのまま荷物を抱えて給湯室に入った。

「昼食は種類ごとにパックに入っています。鈴木さんには、ここに揃《そろ》っている食器に、盛りつけをしていただきます」

「盛りつければいいんですか？　それだけ？」

「ええ。昼の休憩は、時間をはっきりとは決めていませんが、順番に取ります。まずはふたり分、用意してください」

「わかりました。お任せ下さい」

苺は胸を張って引き受けた。最大のピンチが去った。

逆転満塁ホームラン！　クビにならずに済んだのだ。

昼食の入ったパックを取り出して並べてみると、実に様々なものが入っていた。そしてその中に、料理の完成品である写真が一枚。これが意味するところは、こういう風に飾れよという、料理を作ったひとからの指示なのだろう。

「ほっほお～」

実に、なんというか、苺の美的センスがくすぐられるじゃないか。こいつは、苺に対する挑戦だよ。

苺は写真を指先でピンピンと弾いてやった。

この勝負、受けて立とうじゃないか！

全部のパックを開けて中身を確かめ、給湯室の食器棚から、お皿を選んで取り出した。

まずはふたり分と店長さんは言った。

電子レンジで適温に温め、料理を盛っていく。写真の指示通りにはしなかった。こいつは苺がコックさんから受けた無言の勝負であり、指示通りにしてしまったら苺の負けってことになるのだ！

苺は想像力を働かせ、皿に料理を盛りつけると、テーブルまでいそいそと運んだ。

藤原は店頭にでも出ているのか、スタッフルームにはいなかった。苺としては好都合。

藤原に監視されながらでは、緊張から萎縮《いしゅく》してしまい、皿を落としかねない。

ハミングしながらくるくる動きまわり、苺はふたり分の昼食をテーブルに並べ終えた。

盛りつけは、苺的には完璧。だが、ただひとつ……懸念《けねん》が……

紅茶を注いだティーカップをソーサーに置いた苺は、トホホなため息をついた。

こいつは、また店長さんのダメ出しを食らうんだろうな。……まあ、仕方がない。コックさん、盛りつけ写真をつけるくらいなら、紅茶もポットに入れとけってんだ。

料理が冷めないうちに藤原を呼ぼうと、苺はドアを開けて店内を窺《うかが》ってみた。

あれっ？

いつの間に来たのか、岡島がいる。ドアの近くのレジに藤原と並んで立ち、話をしていたが、苺が顔を出したのに気づいて、ふたり一緒に振り返ってきた。仲良く話しているところを邪魔したようで、ちょっと気まずかった。

「鈴木さん？」

「あ、あの。昼食の支度できました」

店長さんに呼ばれ、苺はドアから出て数歩近づき、慌てて口にしたあと、ああそうかと気づいた。

ふたり分の昼食は、藤原と岡島の分だったんだ。話している雰囲気も悪くないし、どうやら仲直りできたらしい。

「早かったのですね」

藤原は、こちらへ歩み寄りながら言う。岡島は、何も言わずにそっぽを向いた。

あ、あれれ？　仲直りしたんだと思ったのに……なんか互いにそっけないっていうか……

「鈴木さん？」

「は、はい？」

名を呼ばれた苺は、自分の側にやってきていた藤原を見上げた。

「そこに立っていられたら、中に入れませんが？」

「あ、す、すみません」

ドアを塞《ふさ》いでいるのに気づき、苺は慌てて飛び退いた。

藤原はさっさと中に入って行ってしまったが、岡島はレジから動こうとしない。

どうしようか迷ったものの、苺は岡島のところに、ちょこちょこと駆けていった。

「あ、あのぉ。お昼食べないんですか？」

「はい？」

岡島は苺に話しかけられると思っていなかったようで、ひどく驚いたように振り返ってきた。

「まだ仲直りしてないんですか？」

苺は声を潜めて岡島に尋ねた。

「あの、鈴木さん。いったい、なんのことですか？」

戸惑ったように聞き返されて、苺は『店長さんのことですよ』と耳打ちしようとした。

「鈴木さん！」

背後から藤原が鋭い声で呼んできて、ぎょっとした苺はぴょんと姿勢を正して振り向いた。

「はっ、はいっ」

きっと紅茶だ。料理の味について苺に責任はないが、紅茶は……あーあ、また淹《い》れ直せっていうのかな？

重い足取りで、苺はドア口に立っている藤原のところに戻った。

藤原の口に合う紅茶なんて、苺には百年経っても淹れられないと思う。

「紅茶、また駄目だったですか？」

「まだ口にしていませんよ。どうしてすぐに来ないんです？」

「はいっ？」

「料理が冷めて……いや、それより鈴木さん、料理の見本の写真があったと思いますが……」

あちゃ！

苺は顔を歪《ゆが》めた。どうやら、盛りつけについての、お小言だったらしい。

完璧だと思ったのに……ちぇっ、苺、コックさんに負けちゃったのか。

「鈴木さん？」

「は、はい。ありました」

「持ってきてください」

「……わかりました」

苺は肩を落として給湯室にゆき、写真を手にして戻ってきた。

「これです」

写真を受け取った藤原は、写真と料理を交互に眺める。

「通われていた専門学校は、デザイン科でしたね」

「はあ、そうですけど……」

「納得しましたよ」

「へっ？　あ、あの？」

いったい、藤原は何を納得したというのだ？　小言を食らうんだと思ってたのに。

「では、食べましょう」

手にしていた写真をテーブルの空いたところに置き、藤原は椅子に座った。

「あ、はい。岡島さん、呼んできます」

「岡島？」

どうしたのか、藤原は苺のことを訝《いぶか》しそうに見つめてくる。

「怜を呼ぶ必要はありませんよ」

「で、でも、これから一緒に食べるんじゃ？」

苺はふたり分の料理を指して聞いた。

「鈴木さんと私が先にいただくんですよ」

はいっ？

「い、苺が？」

「鈴木さん、いいから早く座りなさい。せっかくの料理が冷めてしまう」

苺は急いで椅子に座った。

藤原はすぐに食事を始めた。料理を優雅に口に運んでいる彼を見つめ、困惑していたものの、苺も食べ始めた。ほとんど物音を立てない藤原に対して、苺はナイフとフォークをカチャカチャ鳴らしてしまう。

藤原は、苺とは別の世界のひとなのだとしみじみ思う。そして藍原も岡島も。

わたし、この宝飾店でやってけるのかな？　どんどん不安が増してくる。

「お口に合いますか？」

「はっ、はい。とってもおいしいです」

「お口に合ってよかった。料理長に伝えておきましょう」

りょ、料理長？　そういえば、苺は勝負に勝てたのか？　相手はコックさんじゃなくて、料理長さんらしいけど……

「それにしても、これほど完璧に盛りつけしてしまわれるなんて、正直思っていませんでしたよ」

「あっ、はい、まあ」

この何事も厳しい店長さんに褒められるなんて、嬉し過ぎる。

「意外でしたが、これならば、お料理のほうも、かなりお得意なのでしょうね」

い、いやいやいや、盛りつけと料理は、まったく別物なのだよ、店長さん。

「鈴木さんの手料理、食べてみたいですね」

期待のこもった言葉をもらい、苺はなすすべもなく、思わずにはっと笑ったのだった。

そんな機会など、絶対にやってこないでほしいと祈りながら。

22　飴《あめ》と鞭《むち》　～爽～

うーむ、つまり、得手不得手《えてふえて》があるということなのか？

昼食を終えたあと、再び紅茶を淹《い》れる練習をさせたのだが、結局、合格点をあげられるほどの紅茶を淹れられるようにはなっていない。爽好みの紅茶を淹れるなど、夢のまた夢という感じだ。

失敗を重ねるたびに気持ちの揺れが出てしまうようで、できは悪くなる一方だった。

自分の指導が悪いのだろうか？

だが、昼食の盛りつけは、屋敷の料理長である大平松も舌を巻くだろうと思えるほどの見事さだった。目も当てられない状態なのではないかと思っていたから、テーブルの上に並べられた料理を見て、唖然《あぜん》としてしまった。

紅茶を飲み終えた爽は、自分の真向かいに座っている苺を見つめた。

三時になり、休憩を取ることにし、爽は自分で紅茶を淹れ、彼女の分も淹れてやったのだが……

ミルクティーは好みではなかったのか、それとも落ち込んでいるのか、紅茶には口をつけずにずっとうつむいてしまっている。

厳しく指導しているばかりでは、彼女のやる気を削《そ》いでしまうだろうし……ここは何か、飴《あめ》的なものを……

「鈴木さん、好物はなんですか？」

そう問いかけたが、顔を上げない。うん？　なにやら、クークーと聞こえるが……

腰を上げ、苺に顔を近づけてみたら、クークーというのは寝息だった。

座ったまま寝てしまったのか？　器用だな……

「鈴木さん」

耳元近くで呼びかけると、ハッとして顔を上げ、目をぱちくりさせる。

爽はさっと顔を背け、苺に隠れてプッと噴いた。

「な、な、な、なんなんでしょう？」

自分が寝ていたことに気づいたのか、頬を赤らめて言う。

「なんなんでしょうは、返事としてよろしくありませんね」

思わずたしなめると、苺は小さく肩をすぼめた。

「す、すみません。なんでしょうかと言おうと思ったんですけど……」

萎《しお》れてしまった彼女を見て、爽は反省した。

私ときたら、さらに落ち込ませてどうするのだ。

「好物とかありますか？」

再度問うと、ぽかんとして「へっ？」と言う。そして慌てて口を押さえる。

「す、すみません。……あ、あの？」

「好物をお聞きしたのですが」

「あ……イ、イチゴヨーグルトです」

苺？

思わず噴き出しそうになり、ぐっと笑いを押し殺す。

なんでも苺なのだな。

イチゴヨーグルトか……

「パソコンは扱えますか？」

「パ、パソコンですか？　そこそこってくらいなら、扱えますけど……」

「持っていますか？」

「ま、まさか、あんな高価なもの、持ってません」

「そうですか。色は何色が好きですか？」

「色？　……桃色とか好きです。白も好きですけど」

「赤ではないんですか？」

なんでもイチゴな彼女だから、当然、好きな色も赤だと思ったのに……

「赤色も嫌いではないですけど……どうしてですか？」

どうしてですかと不思議そうに聞き返されて、笑いたくなった。どうしてと、聞くまでもないと思うのだが。

「いえ、なんとなく……」

やはり、彼女は変わっているな。イチゴヨーグルトが好きだと言うくせに、一番好きな色は赤ではないなんて……

　目が覚めたらしい苺は、ようやくミルクティーを飲み始めた。その様子を見つめながら、爽はパソコンを開いた。

　そのあと、苺がミルクティーを飲み終えたのを見届け、爽は立ち上がった。

　入れ替わりで、怜とその他のスタッフを休憩に入らせるつもりだ。手伝いのスタッフは今日ふたりいるから、爽が店頭に出てフォローしなくても、ひとりずつ休憩に入れるだろう。開店前に来ていた要は、用事を終えてすでに帰っている。

「鈴木さん、このカップを片づけてください」

「あっ、はい」

　さっと立ち上がった苺は、片づけを始めた。

「これから他のスタッフが休憩を取りますので、鈴木さんは片づけを終えたら、更衣室のほうで待っていてください」

「えっ。更衣室ですか？」

「ええ。私もすぐに行きますから」

　それだけ言い、爽はスタッフルームを出て、店内に戻った。客の姿はなく、怜がレジで何か作業をしている。

「お客様はいないようだな」

「いえ、そんなことは。今引いてるだけですよ」

「そうか」

「はい。クリスマスシーズンに入りましたし……クリスマスプレゼントをお求めのお客様も、おふたりいらっしゃいました」

「そうなのか」

「爽様、クリスマスの飾りつけのほうも、そろそろ」

窺《うかが》うように怜が聞いてくる。十一月に入ると、クリスマスシーズンに向けて、どの店も飾りつけを始めるのだが、だんだんそのタイミングが速まっていっている。

クリスマスの飾りつけは、十二月に入る直前くらいがベストと、爽は考えているのだが……

「私のほうで用意致しましょうか？」

「いや、私が明日にでも準備しよう。それと十二月に入れば、これまでより忙しくなるだろうから、必要に応じて応援のスタッフの人数も増やすようにしろ」

「はい」

「それと、順次休憩に入ってくれ。私は鈴木さんと、更衣室にいる」

爽はそう言いながら、レジのところに置いてある包装紙やリボンを手に取り、抱えられるだけ抱えた。

ラッピング用の備品は、常に豊富に揃《そろ》えている。宝飾品はプレゼントとして購入される場合が多いし、自分用に買うひとでも、ギフト用の包装を希望する客は多い。ラッピングのうまさも、売り上げに大きく影響するのだ。怜も要も、応援のスタッフたちも、ラッピングの技術は高い。もちろん爽も。

ラッピングのできるスタッフは充分にいるから、彼女を即戦力にする必要はない。だが練習させておくに越したことはないだろう。それに接客指導や紅茶を淹《い》れる練習ばかりさせていたのでは、嫌になって辞めたくなるかもしれない。

「クリスマス用のラッピングの備品は、あったか？」

「はい。ここにあるだけですが」

「去年の残りではないな？」

「去年のものは、すべて処分しました。ここにあるものは、半月前に購入したものです。クリスマスプレゼント用に包んでほしいというお客様のみ、これでラッピングさせていただいています」

「うむ、そうか」

文句のつけようのない仕事ぶりに、爽は満足してスタッフルームに戻った。

包装紙とリボンを抱え、エチケットとしてドアは開けたままで苺専用の更衣室に入る。

「ラッピングの練習をしましょう」

「は、はいっ」

爽がテーブルに置いた品を見て、苺は顔を輝かせて返事をした。

もしや、得意分野なのだろうか？

「これまで勤めていらっしゃった会社は、お菓子のパッケージなどを製造していたということでしたね。ラッピングの経験はありますか？」

「ありません。中身を詰める前の工程ですから……」

「わかりました。それでは……」

爽は苺の隣に座り、ラッピングの手順を教えた。

包装紙は材質によって、包みやすいものと包みにくいものがある。まずは初心者用に、包みやすい包装紙を使って、小さくて四角い箱を包む練習からさせることにしたが、文句のつけようがないほどにうまくやってのけた。さらに扱いづらい包装紙でやらせてみたが、難なくクリアしてしまう。リボンを結ぶ練習も、数回繰り返したら、緩みもなくきっちりと結べるようになってしまった。

紅茶を淹《い》れる練習のときとは、雲泥《うんでい》の差だな。

複雑な結び方をやってみせても、悩むことなくまったく同じに作り上げる。口には出さなかったが、感心してしまった。

どうやら、苺な彼女、ラッピングの才能があるようだ。

「なかなか素質がありますね」

控えめに褒めると、彼女はそれはもう嬉しそうに顔をほころばせた。

「う、嬉しいです」

「ああ。……言っておきますが、素質があると言っただけで、このラッピングは満点ではありません。まだまだこれからの頑張りが大事ですよ」

「あっ、そ、そうですか」

もっと上を目指そうという気持ちを持ってほしくて言ったのだが、言葉がきつすぎたのか、彼女はしゅんと萎《しお》れてしまった。

おやおや……飴《あめ》と鞭《むち》、もう少しうまく使いわけなければな……。

笑いが込み上げてきた爽は、彼女の頭に手を差し伸べ、やさしく撫でた。

23　ワイルドな香り　～苺～

「どうだったの？」

家に帰った途端、節子は待ってましたといわんばかりに、質問を投げかけてきた。

「まああって感じだったよ」

苺は適当に言って誤魔化した。まさか、丸一日、紅茶の淹《い》れ方の特訓と、ラッピングの練習をしていたとは言いづらい。

ワンルームマンションで、今夜から寝泊りするつもりだが、夕食だけはこれからも家で食べさせてもらうことになった。これまでも食費として月三万円渡していたから、これからも同じように三万円で食べさせてもらえる。朝ごはんはお願いしていないが、台所からおにぎりやらパンやらを失敬《しっけい》してゆくつもりだ。そしたら、食費は三万円プラス昼食代、そしてイチゴヨーグルト代で終わる。

お給料は二十五万。光熱費や水道代その他もろもろがあって、税金も引かれるだろうけど、食費を入れても、十万あれば足りるはず。とすると、残りは……

あったかい懐《ふところ》を想像し、にしししと笑ってしまう。

「まああって、あんた口にできないような失敗したんじゃないでしょうね？」

疑うように言われ、苺は顔をしかめた。

「失敗なんてしてないよ。今日はまだ仕事初めだから、裏方仕事ばっかりだったの」

「裏方仕事？　どんな仕事よ」

「だから、紅茶の淹れ方を教わって……」

「あら、紅茶を出すの？　お客さんに？」

怪訝《けげん》そうに聞く節子に、苺は手を振って否定した。

「まさか、お客さんじゃないよ。店長さんとか、店員さんたちのためにだよ」

「店長さんに、店員さん？　ああ、休憩のときにってことね。それで熱い紅茶を店長さんにひっかけたり、カップを割ったりなんてこと、しなかったの？」

苺は節子を睨みつけた。どんだけ信用ないんだ、あんたの娘は……

「今日は練習だけだよ！」

突っかかるように言った苺は、「お母さんは知らないだろうけどねぇ」と知ったかぶりして続ける。

「紅茶淹れるっていっても、すっごい難しいんだよ。だいたいティーバッグなんてもんは使わないんだよ。茶葉なの、茶葉。それもいっぱい種類があるんだよ。茶葉によって淹れ方も……」

「変わったアクセサリー屋さんね」

苺の説明に飽きたのか、節子ときたら途中で遮《さえぎ》るように言う。

でもまあ、正直、苺も母に同感だ。

「それじゃ、おやすみなさ～い」

「い、苺、マンションまで車で送ってってやろうか？」

夕食を終え、家族とのだんらんを過ごした苺は、玄関まで見送りに来た宏のほうを向いて、首を横に振った。

「いいよ。自転車ないと、明日の朝、ショッピングセンターまで歩かなきゃならないし、ここまで戻るのにも歩くことになっちゃうもん」

「け、けどな、夜中に若い娘が自転車でうろうろするってのは……」

「夜中じゃないよ。まだ八時じゃん。それに専門学校に行ってたころは、このくらいの時間に帰ってくることだって多かったよ。ぜんぜん大丈夫」

「そ、そうかぁ」

「苺、夜道は暗いから、転ばないように気をつけるのよ」

台所から顔を出した節子が、大きな声で叫んできた。父と母では気がかりが違うようだ。

「あーい！」

苺は笑いながら返事をした。

小ぶりのボストンバッグと紙袋を抱えた苺は、まだ心配そうな宏に明るく手を振り外に出た。

愛車の後部にボストンバッグをくくりつけ、前のカゴに紙袋を入れ、苺はいい気分で出発した。

今朝すでに一度走ったから、もう不安はない。

家からショッピングセンターまでのいつもの道を走り、ショッピングセンターの建物を回り込んで、予想通りの時間でワンルームマンションに着いた。

荷物を抱え、苺はそっと自分の城に入った。シーンとしているが、朝のようなことがもうないとは限らない。苺は念のため、ベッドにひとが寝ていないか確かめた。

もちろん誰もいなかった。

ほっと息をついた苺は、胸を膨らませてエアコンのスイッチを入れた。鈴木家の自分の部屋には、エアコンどころかヒーターの類《たぐい》は何もないから、夜、風呂に入る直前まで居間にいて、風呂から上がったら即ベッドに潜り込んでいたのだ。

最新型らしいエアコンはすぐに効いてきて、ほかほかと部屋が温まる。まったくもって、リッチだねぇ。

ボストンバッグから朝食の入った包みと、紙パックのオレンジジュースを取り出す。オレンジジュースは冷蔵庫で冷やしておいて、風呂上がりにいただく予定だ。

それから持ってきた衣類をクローゼットにしまい、洗面所にタオルやら洗面用具を置いた。

風呂のスイッチを入れて、湯船にお湯のたまる音をいい気分で聞きながら、苺はベッドのある部屋に戻った。お風呂は最新式だから、そのままにしておくだけで設定した温度でお湯が張れると藤原から説明を受けた。

リッチな気分を満喫《まんきつ》しつつ風呂から上がり、部屋着に着替えた苺は、紙袋からお気に入りの漫画を取り出して、枕元に一冊、残りは書棚に並べた。

　ふっふーん。

　漫画が並んだだけで、部屋が苺色になった気がする。

　さてオレンジジュースを飲もうか、とキッチンに入った苺は、ガラス戸棚の中に整然と並んでいる紅茶の缶を見つめた。今日はほんと大変だったなぁ。ラッピングの練習は楽しかったけど、紅茶のほうはさんざんだった。唇を突き出した苺は、ガラス戸棚から紅茶の缶を取り出した。

「これはストレートティーに適してるんですよ。さあ、淹《い》れてごらんなさい。鈴木さん、茶葉の量が多すぎますよ。お湯は熱いですから、やけどしないようになさい。それと抽出時間は何より大事ですよ」

　苺はすらすらと藤原の口真似をし、にししと笑った。

　まったく店長さん、口うるさいったらなかったよ。でも……あのスパルタな教えのおかげで、すでに紅茶のツウになれた気がする。まあ、店長さんに言わせれば、苺なんてまだまだひよっこなんだろうけど。ちょっと淹れてみるかな？

　練習の成果を試してみたくなり、苺はいそいそとヤカンを火にかけた。

　カップはどれにしよう？　もう、どれもこれも素敵なデザインだから、迷っちゃうよ。

　それなりにうまくできた紅茶を、さんざん迷って選んだピンクの薔薇の絵柄のカップに注ぐ。

ティーカップを手にしてソファに座った苺は、お嬢様気分で紅茶をいただきながら、大画面のテレビで一時間ほど番組を見たあと、ベッドに潜り込んだ。

そういえば、シーツと枕カバーとかって、このままでよかったのか？　取り替えたほうがよかったかな？　けど、シーツも枕もとっても爽やかないい香りがした。

「ワイルド店長さんの香り……かな」

苺は口元に小さな笑みを浮かべ、横長の大きな枕をポンポン叩いてふくらみを楽しんでから頭をつけた。

睡魔はすぐにやってきた。苺は上掛けを首までかけると、あっという間に眠りについた。

24　頑固な眠り姫　～爽～

「爽様、もう時間になりましたが」

おずおずとした声で遠慮がちに話しかけられ、爽は顔を上げた。

仕事に集中しているところを邪魔されたせいで、無意識に表情が険しいものになってしまう。

スタッフがふたり、畏《かしこ》まって立っていたが、爽と目が合ったことで、ふたり揃《そろ》って緊張を帯びた顔になる。

遅番のふたりだ。

「なんだ?」

「は、はい。で、ですので……その、もう時間が……」

時間?

時計を確認し、閉店時間をすでに過ぎてしまっていることに気づいた。

「すまなかったな。私が戸締りしよう。君らは先に上がってくれ」

「は、はい。それでは」

ふたりは頭を下げ、すぐに裏口から出て行った。爽も立ち上がり、パソコンとファイルを鞄に詰めると、すぐに外に出た。

さて……どうするかな?

車に乗り込み、思案する。屋敷にはまだ祖母が居ついていて、爽が戻るまで帰るつもりはないらしい。

こうなると、意地の張り合い、我慢比べだな。

みすみす屋敷には戻りたくない。新しい避難場所を用意すればいいことなのだが、苺にずっとつきっきりになっていたし、そのせいで仕事がたまりにたまってしまって、そんな余裕もない。

こうなったら、ホテルに泊まるか？

エンジンをかけた爽は、そういえばと思い出した。

ワンルームのスペアの鍵、苺に渡すつもりだったのに、うっかり忘れていたな。

いつまでも持っているわけにはいかないし、これから渡しに行くか……

マンションに着き、下から苺の部屋を確認してみると、電気がついていない。

なんだ、来ていないのか？　今日から住むつもりだと言ってたのに……

残念な気持ちを抱きながらも、ほっとする。

とにかく、これで泊まる場所が確保できた。明日の朝、また彼女がやってくるかもしれないが……そのときは、謝罪するしかないな。

必要な荷物を持ち、マンションに入る。夕食は店で済ませたが、明日の朝の分は何も用意していない。

ひさしぶりにファミレスで朝食を食べてもいいな。

万が一のことを考え、爽はインターフォンを鳴らしてみた。しばらく待ってからもう一度鳴らし、応答がないのを確認してから、ドアを開けて中に入った。

部屋の灯りをつけ、エアコンをつけ、まずは風呂に入ることにする。

洗面所に入ると、見慣れぬものが色々と配置してあった。苺のものなんだろうか？

いったいいつの間に持ってきたんだ？　今朝は気づかなかったが、朝持ってきて、並べていたのかもしれないな。

納得した爽は風呂に入り、コーヒーを淹《い》れるためにキッチンに入った。

仕事が山ほどたまっているし、今夜はまだまだ寝られない。

うん？　これは？　流し台のところになにやら包みが置いてある。もちろん、これも苺のものだろうが……

これも今朝やってきたときに置いていったんだろうか？

いったいなんだろうと思ったが、手に取ったりしては悪いだろうと、触れずにおく。

コーヒーを淹《い》れた爽は、カップをテーブルに置いて仕事を始めた。

深夜二時近くになり、眠気も襲ってきたので、いい加減寝ることにした。昨夜もあまり寝ていないし、倒れたりしたら元も子もない。

パソコンを閉じて、寝る準備をし、ベッドに歩み寄ろうとした爽は、ハッとして足を止めた。

いままで気に留めていなかったせいで気づかなかったが、ベッドが少し膨らんでいる。

ま、まさかな……

そうは思うものの、そこにひとの気配があることは確実で、顔が引きつる。

よく見れば、書棚には見慣れぬ本が並んでいるし、枕元にも本が転がっている。

まさか、すでに寝ていたとは……

インターフォンも鳴らしたし、電気も遠慮なくつけたし、キッチンではカチャカチャとさんざん物音を立てたのに……それでも起きなかったとは。凄いな。

感心したものの、この事態に、爽は心の底から困り果てた。

もう眠たくてならない。いまからではホテルにも行けない。車だって運転できそうもない。

このソファで寝るか？　だが、身体にかけるものがないのでは風邪を引いてしまう。

こうなったら、苺を起こして、寝かせてくれないかと頼むか？

進退窮《きわ》まった爽は、身体の疲労と眠気に抗《あらが》えず、その無謀《むぼう》な考えを実行することにした。

「鈴木さん」

声を張って呼びかけてみたが、眠りこけている彼女は微動だにしない。

まったく頑固な眠り姫だな。だが、どうにかして起こすしかない。

「鈴木さん、鈴木さん」

布団の上から身体を揺らしてみるが、まだ起きない。

「すみませんが、起きてください。鈴木さん」

駄目だ。まるで起きる気配がない。

「今夜ここに泊めてほしいんですよ。お願いですから、起きてくださいませんか？　鈴木さん」

「う、うーん。もおっ、なあにぃ？」

ようやく返事があり、爽はほっとした。

「泊めてほしいんですよ。このベッドで一緒に寝かせてもらいたいんです。他に行くところがないんです。泊めていただけますか？」

「うーん、はいはい……もういいよぉ」

もごもごとした聞き取りづらい声だったが、どうやら「はい」と言ってもらえたようだ。

もう起きているのも限界だ……

爽はベッドに潜り込み、空いている場所に転がった。

布団をかぶり、ほっとした途端、爽は眠りの中に引きこまれた。

25　無礼な訪問者　～苺～

「ふあああ～」

大きなあくびをし、苺はむっくりと起き上がった。寝る前に紅茶を飲んだからか、トイレに行きたい。寝ぼけ眼でベッドから出た苺は、おぼつかない足取りでトイレに向かう。

用を足して洗面所で水を出し、水が温かくなったところで手を洗った。

床が冷たく、足先が凍《こご》えてチリチリする。

靴下を履いて布団から出ればよかった……と、ぼんやりした頭でプチ後悔する。

いま、何時だろう？　そういえば壁に時計があったよね。

苺は瞼《まぶた》を半分閉じたまま、ふらふらと部屋に戻り、壁の時計を見て時間を確かめた。

……うんと……四時半か……

まだ起きるには早すぎる時間だ。もう一眠りできると、苺はごそごそとベッドに潜り込んだ。

「冷たい！」

批判するような声が飛んできて、苺はぎょっとして足を引いた。

な、何？　い、いまの声？　ゆ、夢か？　夢なのか？

眠気も一瞬でふっとび、声のしたほうを凝視する。

「気をつけてください！」

厳しい声で文句を言われ、思わず「すみません」と謝罪した苺は、いやそうじゃないぞ、と自分に突っ込んだ。

「どっ、どうしてここにいるんですか？」

責めるように呼びかけると、藤原は少しだけ頭を上げて、苺に振り向いてきた。

「泊めてもらいました。言っておきますが、一緒に寝てもいいですかとお聞きしましたよ」

非難するように言い返され、苺は一瞬、文句を言った自分が悪いような気になったが、心の中で違う違うと首を振った。

「そっ、そんなの覚えてないですよ！」

「ですが、『はい』と、返事をされましたよ」

眠たいらしく、枕に頭を突っ伏したままの藤原は、ひどくめんどくさそうに答える。

そりゃあ、寝ぼけてたんだよ！

ぐっすり寝ているところに、男が突然不法侵入してきて、『泊めてくれ』と言われて、『はいどうぞ』と言う女がどこにいるってんだ！

ガルルルルゥ！

心の中で吠えたものの、なんの問題もなさそうに寝ている藤原を見ていると、ひとりいきり立っている自分が滑稽《こっけい》に思えてきた。

結局のところ、藤原は同じベッドに寝ていただけで、苺に何もしていない。

なんか……別の意味で哀しくなった。苺って、平然と一緒に寝られる女ってことなのか？　苺……もしかして、女としての魅力ゼロ？

頬がひくついた。

気の済むまで文句言ってやれー！　と、傷つけられた女のプライドが、がなり立てる。

「なんでここにいるんですか!?」

咎めるように怒鳴ったら、「眠いんですよ……」と、ひどく疲れの滲《にじ》んだ声で言われ、苺はそれ以上何も言えなくなった。

「話は朝になってからに……してくれませんか……」

藤原はとぎれとぎれにぼそぼそと言う。確かに、すんごく眠そうだ。

店長さん、岡島さんと同棲《どうせい》してるのかな？　喧嘩《けんか》中だから家に帰れないのか？

「まだ仲直りできてないんですか？」

苺はおずおずと尋ねてみた。

「どうして知っているんですか？」

藤原は眉をひそめ、驚いたように言う。

「わかりますよ」

したり顔で言った苺に、藤原は眉を寄せた。

「いったい……？　ああ」

腑《ふ》に落ちない顔をしていた藤原は、突然納得したような声を出して気だるそうに頷くと、会話に興味がなくなったというように、苺に背を向けた。苺の相手をするのがめんどくさくなったといわんばかりだ。

「あ、あの、店長さん？」

「まだ起きるには早すぎます。もう話しかけないで下さい！」

不機嫌な命令口調に、苺はビビった。

「は、はい」

思わずそう返事をしてしまったが、当然ながら、胸にたっぷりわだかまりが残った。

こ、これでいいのか？　いいのか？　よくないだろ！

だが、背を向けた藤原は、すでに寝息を立てはじめ、夢の中のようだ。

やはり、苺は、まるきり女として見られていない。

そりゃあ、あんな綺麗なひとが恋人じゃ、苺など女として認識できないかもしれないさ。

もちろん、苺は女として見られたいわけでも襲われたいわけでもないのだよ。

けど、けど、けどさぁ〜。

やたら悔しかった。

言っとくが、このベッドの正当な所有者は、いまや苺なのだぞ！　店長君。

唇を突き出し、しばらく眠っている藤原を睨んでいたら、少しだけ心に折り合いがついた。

「なんだいなんだい、もおっ、冗談じゃないよっ」

口の中でぶちぶち文句を言いつつ、苺は温かい布団の中に入った。

今度、冷たいなどとふざけたことを言ったら、思い切り蹴ってやるつもりだった。

ふたりの体温が混じり合い、身体はすぐにぬくぬくしてきた。眠気がやってきて、苺は彼に背を向けて目を閉じた。

26　心にやさしき響き　～爽～

目を覚ました爽は、周囲を見回した。

そうしている間に、昨夜のことをすべて思い出す。

彼の隣には、苺が眠っている。爽はそっと身を起こし、彼女の寝顔を覗き込んだ。

ふっ。無邪気な顔をして寝ている。

昨夜は眠気と戦いながら、寝る場所の確保ばかりに気を取られて、寝顔なんて眺める余裕もなかった。それにしても、仕方がなかったとはいえ、悪いことをしてしまった。

一緒のベッドに寝てしまうなんて……

そういえば……冷たいものが足に触れて、怒鳴った記憶が……あれはたぶん現実だな。

色々質問されたが、睡魔に負けて、ずいぶん刺々しい受け答えをしたような……

まずいな。彼女に非はないのに……非があるのは自分のほうで……

爽はそっと起き上がり、苺を起こさないようにベッドから降りた。

すっきりとまではいかないが、それなりに疲れは取れた気がする。

彼女に謝罪をしなければならないが……まあ、それはあとにしようか？　いまは顔を合わせづらいし。

爽は急いで身支度を終え、荷物を抱えてマンションから出た。

車に乗り込み、大胆なことをしてしまった自分に笑いが込み上げてならなかった。

私ときたら、女性と一緒にベッドで寝てしまうなんて。

ファミレスで朝食を取り、仕事をしながら頃合いの時間まで過ごした爽は、勤務先であるショッピングセンターに向かった。

駐車場にはまだ苺の自転車はなく、ほっとしつつ店に入る。

要は今日も休みだ。怜と、昨日とは違うスタッフがふたり来ていた。開店の準備をテキパキと進めている彼らに朝の挨拶をし、爽はスタッフルームのテーブルで、さっそく仕事の続きを始めた。

気の利く怜が、爽の好きな紅茶を淹《い》れて、そっと出してくれる。

「ああ、ありがとう」

一口飲み、疲れがすっと抜けていく。

「爽様。鈴木さんですが、いらっしゃいませんね」

「うん？」

顔を上げて時間を確認し、眉を寄せる。確かに、ちょうど開店時間だ。

寝坊しただけならばいいのだが……私がベッドに潜り込んでいたことが原因で、店に来ないのではないだろうな？

顔をしかめて思案していた爽は、怜が返事を待っているのに気づいて、顔を向けた。

「彼女のことは私に任せてくれればいい。それより報告書のファイルは用意できているか？」

「はい。こちらに」

ファイルを受け取ると、怜は店頭に出て行った。

とにかく、電話をかけてみるか？　それともワンルームに様子を見に行ったほうがいいだろうか？

眉を寄せて思案していると、突然裏口のドアがバンと大きな音を立てて開き、苺が飛び込んできた。ゼーゼーと激しく息をついている。

「す、すみません。ハアハア……い、苺、寝坊しちゃったです」

爽のほうを向いて情けない声で言いながら、ぺこぺこと謝る苺を見つめ、爽はほっと胸を撫で下ろした。

まったく、彼女ときたら……全速力で店内を走ってきたらしい。

「鈴木さん、まずは座りなさい」

「ほんとすみません。ハアハア……遅刻しちゃって……」

叱られると思っているのか、荒い息をつきながら、小さくなってもじもじしている。

謝罪しなければならないのはこちらのほうなのだが。だいたい、今朝の出来事のせいで彼女は寝坊したのかもしれない。

「今日のところは不問にしましょう。さあ、座って」

「えっ、い、いいんですか？」

「ええ。今日だけは」

苺が椅子に腰かけ、爽は向かい側に座り、話を切り出した。

「鈴木さん、昨夜はすみませんでした」

「は、はい？　そ、それって……」

爽はポケットからスペアキーを取り出し、苺に差し出した。

「まずこれを」

「あの、これは？」

「あの部屋のスペアキーです。お渡しするのを忘れていたので、昨夜部屋に伺ったのですよ」

「えっ。そ、そうだったんですか？」

「ええ。まだ十時くらいでしたし、インターフォンを鳴らしても応答がなかったので、いらっしゃらないものと思い込んでしまって」

「苺、その時間には、もう寝ちゃってたですよ」

その言葉に頷き、爽はまた話を続けた。

「ベッドにいらっしゃるのもまったく気づかないまま、遅くまで仕事をしていて、寝ようとしたところで、鈴木さんがいらっしゃるのに気づいたんです。それでやむなく、ご一緒させていただくことに……もちろん、今朝申しましたように、鈴木さんに了解を得たのですよ。覚えていらっしゃらないようですが」

「覚えてないです」

「許していただけますか？」

「も、もういいですよ。苺が起きなかったんだし……」

「でも、昨夜は本当に助かりました。行くところがなくて困っていたんです」

「そ、そうでしたか。店長さんが助かったんなら、よかったですよ」

その言葉はとても心にやさしく響き、爽は口元に笑みを浮かべた。

27 手土産のお約束 ～苺～

「いいいらっしゃいませぇ～」

「もう一度」

「いぃらっしゃいませぇ～」

「鈴木さん、わざとですか？」

藤原の疑わしげな言葉にぎょっとして、思わず爪先立ちになりながら、苺は強く否定してふるふると首を振った。

「とと、とんでもないです。本気です。苺は本気の本気ですっ」

昨日とは違う紺色のメイド服を着た苺は、必死に自分の本気を訴える。

いったい何度、『いらっしゃいませ』という単純な一言を練習したかわからない。だが、幾度繰り返しても、藤原のダメ出しを食らい続けるばかりなのだ。言葉にするだけなら、難しいことではないが、藤原の注文はとっても細かいのだ。礼儀正しさを感じさせつつ、親しげかつ温かで、大袈裟《おおげさ》にならない程度のやわらかな微笑みを、いらっしゃいませという言葉に添えろというのだ。

こんな注文、小学生レベルの問題が、一気に高校生レベルになったようなものじゃないか？

それも、微笑みの開始は『い』の文字と『ら』の文字の間のあたりからという曖昧な指示までついているのだ。こうなるともう、大学生レベルを越えてんじゃないか？

そんな難癖……い、いや……難しい注文をつけられた『いらっしゃいませ』など、言えるやつなんかいるもんかっ！　と、叫んでやりたいところだが、初めに藤原の、完璧な見本を見せつけられては、何も言えない。

「挨拶の練習は、ここまでにしておきましょう」

藤原は、期待を裏切られたとでもいうように、ため息混じりに言う。苺は顔をひきつらせた。

そんなに苺が悪いのか？　苺はそんなに駄目なやつなのか？

藤原が淹《い》れてくれたミルクティーを飲み終え、メイド服に着替えると、昨日と同じように再び紅茶を淹れる特訓が始まった。

最初は、昨日の復習から。昨日の練習を思い出しながら苺は紅茶を淹れ、藤原に試飲してもらった。

口に含むたびに、藤原は微妙な表情をしたあげく、結局首を横に振った。

紅茶はそのあと三回淹れ直し……その都度、注文が違った。もちろん、全部不合格。

苺は藤原に隠れて、自虐的な笑みを浮かべた。

どうせ苺は駄目苺だよ。寝坊して遅刻しちゃうしさ……

でも、遅刻については、藤原は頭ごなしに怒ったりしなかった。昨夜、苺のベッドで寝てたことを彼も気にしていて、きちんと謝ってくれた。

スペアキーも渡してくれたし。

藤原がワンルームにやってきたのは、スペアキーを渡すためだったらしい。そんなものがあるってことすら、苺は気づいていなかった。

苺がいないときに、藤原は鍵を開けて部屋に入ったこともあったんだから、よく考えればスペアキーがあるってことに、気づけたはずなのに。

それにしても、インターフォンを鳴らされても、藤原が部屋で仕事してても、目が覚めなかったわけで……まったく自分の図太さには笑える。

「昼食の準備に入ってください。貴女と私のふたり分ですよ」

「はっ、はい」

苺は急いで給湯室に入った。今日の昼食はすでにスタッフが取りに行ってくれていて、給湯室に置いてある。

得意な仕事は、落ち着いてやれるし楽しくやれる。紅茶以外は、なんの問題もなく昼食の準備を終え、苺は藤原と向かい合って座った。

「鈴木さん、今日はこれから予定があるので、さくさく食べてください」

「予定ですか？」

「ええ。食事を終えたらすぐに出かけます」

「は、はいっ」

藤原に急かされ、苺は慌てて食べ始めた。

どうやら藤原はこれから出かけるらしい。

「片づけはしなくていい」

食べ終えて皿を片づけようとしていた苺は、藤原の言葉に手を止めた。

「えっ？　で、でも、片づけないと……」

「怜がやってくれます」

「この間も、岡島さんにお願いしちゃいましたし、わたしが」

「鈴木さん、私がいいと言っているんです」

クールな眼差しを向けられて、ビビった苺は手にしていた皿から手を離した。

「五分で着替えてきなさい」

「きっ、着替え？」

「ええ。その服で外出したくはないでしょう？」

「苺も行くんだったんですか？」

「そのつもりでしたが」

一緒に来いとは言われていない気がするんだけど……でもここで余計な文句を言ったりしたら、不機嫌になった藤原にお目玉を食らいそうだ。

「それじゃ、着替えて……」

そう口にした苺の脳裏《のうり》に、桃色のワンピースがぽんと浮かんだ。

お出かけなんだよね？　それってつまり……あのワンピが着られるんだ。

「急いで着替えてきま～っす」

笑みを浮かべて更衣室に駆けて行こうとしたら、「鈴木さん」と呼び止められた。

「なんですか？」

「桃色のワンピースは駄目ですよ」

「えっ？」

どうしてあのワンピを着ようとしているとわかったんだ？　という驚きは、ひとまず置いといて……

「なんでですか？　だってあれ、外出用って……」

「今日はクリーム色のスーツになさい」

ちぇっ。なんだワンピは駄目なのか？

クリーム色のスーツか……そんなのあったっけ？

「それと、薄く化粧をしていらっしゃい」

その指摘に、化粧をするのをすっかり忘れていることに気づいた。苺ってば、昨日に引き続き……

「わっ、わかりました」

慌てて答えて、更衣室に飛び込む。

今日もまた、苺が化粧を忘れてることを、藤原ははじめから気づいていたんだろう。

まずはクリーム色のスーツがあるのか確認しようとクローゼットを開けてみると、確かにあった。

藤原はかなり急いでいたようだし、着替えた苺は、口紅だけちょちょっと塗って外に出た。

じれじれしながら待っているのではないかと思ったが、藤原の姿はなく、岡島がテーブルの上の片づけを始めていた。この状況に思わず焦《あせ》る。

「岡島さん、す、すみません」

「いえ。仕事ですから」

岡島は、別に怒ってはいないように見えたが、苺はひどく気まずかった。

苺は岡島の後輩という立場だというのに、後片づけをさせてしまうなんて。

それに、これから藤原と一緒に出かけるということも、気まずい。

店頭に出ていたらしい藤原が戻ってきた。苺を見たあと、意味深な視線を岡島に向け、また苺のほうに向く。

な、なんか、修羅場《しゅらば》に身を置いてる気がしてなんないよ。

「行きますよ」

「はい」

苺は岡島に聞こえないように小声で答えた。後ろ髪を引かれながらも、仕方なく藤原のあとに続く。

これって、喧嘩《けんか》している岡島さんに対して、あてつけとかしてるつもりなのかな？

物凄く居心地悪いんですけどぉ〜。

「店長さん、あの、悪いこと言いませんから、早く仲直りしたほうが……」

車の助手席に乗り込んだところで、苺は遠慮がちに藤原に勧めた。

「そう簡単にはいきませんね」

「そんなものですか？　ちゃんと話し合ったほうがいいんじゃないんですか？」

「相手が……そういう雰囲気じゃありませんから」

「そうなんですか？」

ということは、岡島さんが一方的に怒ってるってことか？

「あ、あの。もしかするとですね。わたしのことで、誤解とかあるんじゃ
ここ数日、苺、店長さんにぴったりくっついてるようなもんだし……」

「ないですね」

あっさり否定した藤原は、すぐに車を発進させた。

な、ないって……そんなきっぱりと……

で、でもさ、男の店長さんはそうかもしれないけど、女の岡島さんは違うかもしれないのにさ……

それにしても、まだ喧嘩中のようだし、今夜も家に帰れないんじゃないだろうか？

岡島さんが一方的に怒っているから、まだ家に帰れないんだな。もしや、戻っても、家に入れてもらえないとか？　そういうことだったら……店長さん、可哀想かも。

だいたい、あのワンルームは、もともと藤原の仮の住まいだったのだ。苺があそこに住むと決めなかったら、藤原はなんの不都合もなく、あそこで寝泊まりできているわけで……

そう考えた苺はハッとした。

そ、そうか。つまり悪いのは苺じゃないか。苺が初めに見に行った２ＬＤＫに決めてれば、なんの問題もなかったのだ。なのに、どうしてもワンルームがいいと苺が駄々をこねたから、藤原は仕方なく、自分の居場所を明け渡してくれたのだ。家具だって電化

製品だって、全部使っていいですよって言ってくれて……

そうだよ、そうなんだ。となると、大量の荷物を車まで運ばされたことだって、苺は文句を言える立場じゃなかったんだ。なのに、わたしときたら不満たらたらで。

「あ、あの。店長さん」

「なんですか？」

「今夜は、泊まるところあるんですか？」

「いえ……。そうですね、今夜はホテルにでも泊まりますよ」
ホ、ホテルぅ？
「だ、駄目ですよ。そんな、もったいなさすぎるですよ」

「他に泊まれるところがないんですから、仕方ありません」

車内が沈黙に包まれた。藤原は、黙ったまま車の運転を続ける。

「それじゃ……苺のところに泊めてあげますよ」

苺はさんざん悩んだあげく、藤原に言った。

「えっ、本当ですか？」

「はい」

今夜、苺がワンルームに行かないで実家に帰ればいいのだ。そしたら藤原は、あの部屋に勝手に泊まるだろう。

「そうしていただけると。助かりますが……本当にいいんですか？」

ほっとした様子で念を押すように聞かれた苺は、「はい」と言いつつ頷いた。

あそこはもともと藤原の居場所なんだし、遠慮されるとこちらが困ってしまう。

「それでしたら、お礼に、お土産を持参しますよ」

「はい？　お土産ですか？」

「イチゴヨーグルトはどうでしょうか？」

なんだって、イ、イチゴヨーグルトだと？

苺は目を見開いて藤原の横顔を見つめた。

泊まらせて貰うお礼に、イチゴヨーグルトを持ってきてくれるというのか？

この高級志向の藤原が手土産に持ってくるものなのだ。三連カップの、九十八円のやつなんかじゃ、絶対ない！　安く見積もっても、カップひとつで二百円くらいのがやってくるような気が……

するする！　絶対する！

「店長さん、何時頃いらっしゃいます？」

苺は実家に帰ろうと決めたことも忘れ、キラキラと瞳を輝かせながら、藤原に尋ねた。

「そうですね。十時くらいでしょうか？　もちろん鈴木さんは先に寝てくださっていて、構いませんよ」

「もっちろん、起きて待ってるですよっ！」

苺は張り切って答えたのだった。

28　感情の分析と認識の拒否　～爽～

なんとなくすっきりしない気分の爽は、ちらりと自分の隣に座っている苺を窺《うかが》った。

クリーム色のスーツは、思いのほか彼女によく似合っている。口を閉じてじっとしてさえいれば、深窓《しんそう》の令嬢……のイメージかもしれない。口を開けて動き出した途端、残《ざん》骸《がい》も残らぬほどそのイメージはガラガラと崩れ落ちるが……

彼女はおかしい。最初に期待した以上に……

まず、できることとできないことの差が激しい。料理の盛りつけとラッピングの才能には目を見張るものがあるが、紅茶は練習を重ねても、ちっとも上手く淹《い》れられるようにならないし、なにより言葉遣いが問題だ……

『いらっしゃいませ』と口にするだけなのに……どうしてあんなにも見事に変化させるのだ。

出だしでつまずいて、『い』を連呼するわ、『ら』を不必要に強調するわ、『しゃい』

に変な抑揚《よくよう》をつけるわ、『い』と『ま』の間に妙な間を空けるわ。だいたい『せ』のあとに、なぜ『え』をはっきりとつけ加えるのか？　鈴木苺の『いらっしゃいませ』は、自分には絶対に真似できないほど独創的だ。その独創性には感心するが、あれでは実用に不向き。使い物にならない。お客様には、ごく普通に『いらっしゃいませ』と言ってもらわないと……

　まあ、手がかかるほど楽しいともいえるが……

　爽は、またちらりと苺に視線を向けた。苺は軽く唇を開けて前方を見つめている。やわらかそうな唇だな。触れたらどんな……

　爽はハッとして思考を中断し、自分を誤魔化すように軽く咳をした。

「風邪引いたですか？」

　たったいま、その感触はどんなだろうと思った唇から言葉が発せられ、胸の辺りがおかしな具合にもぞもぞする。

「喉《のど》に少し違和感を覚えただけのことです。それより、引いたですか、というのはおかしいですよ。正しく言い替えてごらんなさい」

　きまりが悪く、つい彼女の言葉遣いに手厳しく突っ込んでしまう。

「す、すみません。……ひ、引いたんですか？」

　正しく言い替えたのに、なぜか面白くない。彼女らしくないと思ってしまう。私ときたら身勝手だな。

爽は眉をひそめた。

いや、もしかすると……私は……彼女に毒されているんじゃないのか？


目的の店を目にした途端、苺は顔を輝かせた。

「かっ、かっわいい〜」

店の前に飾られているトナカイのオブジェを見て、両手を握り合わせ、感激したように叫ぶ。

こんな反応をされたら、即購入して、彼女のワンルームに置いてやりたくなる。

確かにここには、彼女の喜びそうな可愛らしいものが溢れている。

ここは輸入雑貨の店だ。数年前は、爽が直接経営していた。海外に買い付けに行ったりもし、かなり面白かったから一年ほど携《たずさ》わった。いまもなお売り上げを伸ばしており、店の雰囲気も悪くない。

季節柄、クリスマスの商品がたくさん並んでいる。今日は、それらを購入するためにやってきたのだ。

「鈴木さん、いくつか選んでみてください。大きいものをひとつ、あとは小さなものをいくつか」

「クリスマスプレゼントですね。岡島さん喜びますよ」

また怜か……

「怜が喜ぶかどうかなど、関係ありませんよ……」

微妙な気分で爽は返事をした。苺は、爽と怜が付き合っていると思い込んでいる。もちろんその思い込みを、彼は面白がっていたのだが……彼女ときたら、思い込みをどんどん膨らませては、爽を面食らわせる。

怜と喧嘩《けんか》をしたと信じ込み、仲直りしろと繰り返すのだからな。またそれを、祖母に入れ替えて平然と返事をしている自分も自分だが。

だが……もっと根本的なところで、彼女は大きな勘違いをしている。

岡島怜は、女ではない。

――男だ！

確かに怜は綺麗な顔立ちをしているから、顔だけ見れば女と思えなくもない。それでも、あの背の高さで男物のスーツを着ているというのに、なぜ女だと思い込んだのか？

彼女専用の更衣室で、ピンクのワンピースを指し、『岡島さんのですよね？』と問われたときには、何を言われたのか、すぐにはピンとこなかった。

怜を女だと思い込んでいることに気づいてからは、苺の勘違いゆえの発言を面白がっていたし、女だと思われている怜のことも愉快《ゆかい》がっていたのだが……

怜のことを女だと思っているものだから、苺はあまりにも気やすく怜に近づくのだ。

本当は男だというのに……こんな馬鹿な誤解、そろそろ解いてしまうか……

「なら、誰に買うですか?」

「ひとに差し上げるわけではありません。店のショーケースの中に飾るんですよ」

「あ、ああ、お店にですか」

納得したらしい苺はパッと笑顔になる。ぷくっとえくぼが顔を出し、思わずこちらまで口元に笑みを浮かべてしまいそうになる。

「わ、わたしが選んでいいんですか?」

「ええ。鈴木さんが選ばれたものを、そのまま購入するとは限りませんが……」

店のイメージに合わないものだったら、当然却下だ。

神妙《しんみょう》そうに頷いた苺は、ひとつひとつじっくりと眺め始めた。

店内には他にも客が数人いて、店員たちは接客で忙しそうだ。レジのところには、爽の知っている店長がいて、目が合った瞬間、軽く頭を下げてきた。爽が客としてきたのがわかったのだろう。こちらを気にすることなく仕事を続けている。

「種類がすっごく多いですね」

「そうですね」

「外国の物だから、サンタの表情もポーズなんかもユニークで、眺めていて楽しいです」

「そうですか。それはよかった」

思わず店側の意識で返事をしてしまい、爽は内心苦笑した。

それから一時間くらいかけて苺が選んだのは、おどけた顔をしたサンタ、しんみりと佇《たたず》んでいる風の雪だるまの小さな置物、ソリを引いているトナカイ。ショーケースの中に置いたら、きっとどれも、目にしたお客様を華やいだ気持ちにしてくれそうだ。

「店長さん、ツリーは飾らないんですか？　こういうのとか」

美しい光を発するツリーを見つけた苺は、わくわくした表情で言う。

「ツリーですか？」

爽は苺と並び、顎《あご》に手を当てて彼女の勧めるツリーを眺めた。

確かに、これはいい。値段もいいが……

期待のこもった表情の苺と目を合わせ、爽は口を開いた。

「気品が感じられる雰囲気で……いいですね」

苺は喜色満面の笑みを浮かべ、爽は気をよくした。

「でしょでしょ」

彼女の口から飛び出てきた言葉に、爽は眉を寄せた。

デショデショ？

「どんな意味なのですか？」

「はい？」

聞き返された意味がわからないらしく、苺はパチパチと瞬《まばた》きする。

「いま、鈴木さんがおっしゃった言葉ですよ」

そう問いかけると、さらに面食らったようだ。

「いま、苺、何か言いました？」

は？

「言ったではありませんか」

「な、何も言ってないと思いますけど……」

戸惑ったように言われ、今度はこっちが面食らう。

「確か、デショデショと、おっしゃいましたよ」

「はい？」

間の抜けた返事をした苺は、焦《あせ》ったように「そ、それは……つまり……」と言う。

「つまり……？」

催促《さいそく》するように聞くと、苺は急にむっとした顔になった。

「でしょう？　ってことですよ」

わかりきったことなのに、とでも言わんばかりの口ぶりだ。

「そうでしょう？　……の、でしょ、です」

まるで、呑み込みの悪い子どもに言い聞かせるような苺の言動に、爽もまたむっとした。爽はゆっくりと腕を組んで、口を開く。

「言葉を、意味が通じないほど短縮して口になさるのはどうかと思いますよ。鈴木さん」

苺は納得できない顔をしていたが、急に気が変わったかのように表情を改めた。

「すみませんでした」

けれどその言葉には、たっぷりと不服がこめられている。

「謝罪の気持ちが、こちらまで伝わってきませんね」

「すみませんでした！」

やけっぱちな口調に、爽は苺を冷たく見据えた。顔を引きつらせた苺は、「す、すみませんでした」と深々と頭を下げる。

偽りのない謝罪を受け、爽は満足して頷いた。


店に戻ると、休みのはずの要がいた。

「どうした？」

「はい。クリスマスの飾りつけに参加するべく、やって参りました」

真面目に答える要に、爽は苦笑した。怜からでも聞いたのだろう。堅物《かたぶつ》そうに見えるが、要は爽と同じくらいイベント事が好きなのだ。

来店している客の邪魔にならないように配慮しつつ、みんなで店内をクリスマス色に変えていく。

苺もとても楽しそうで、そんな彼女を見ているだけで、爽もまた楽しくなる。

去年も同じように飾りつけをしたが……彼女がいると、まるで違う。

爽は店全体を眺められる場所に立ち、一番目立つ場所に設置した大きなサンタのオブジェをしたり顔で眺めた。

うむ、悪くない。

これは爽が、ここに置くために選んだものだ。だが、苺が気に入っていたツリーでもよさそうだ。そう思いつつ、爽は、すっと顔を上げて苺の姿を探した。

このサンタを見た、彼女の感想が聞きたい。

うん？

いつの間にか苺と怜が接近している。怜に話しかけていた苺が頭を下げ、怜は戸惑ったように彼女を見つめている。

なぜか、激しくむかついた。

ふたりが彼らだけの世界にいるように思え、爽は無意識に眉を寄せ、険しい顔で歩み寄って行った。その途中で、目の端に自分を見つめている要の姿を捉え、爽は足を止めようとしたが、自分を抑えることができなかった。少し屈み込むようにして、怜が苺になにやら話しかけている。

近すぎるだろう！

爽は怜に話しかけている苺の背後に立つ。

「な～と思って」

「鈴木さん」

苺に近づいた爽は苛立ちを抑え、できるだけソフトに呼びかけた。前を向いたまま苺はびくりと肩を震わせると、動きの鈍いロボットのように首を回し、爽を振り返ってきた。

「な、な、な、なんででしょう？」

「なんででしょう？」

そんなつもりもないのに、思わず突っ込みを入れてしまう。

「い、いえ、な、なんでしょうかっ？　です」

苺は姿勢を正し、幼稚園児のように答える。

それは笑えたが、彼女の隣で怜がくくっと笑い声を漏らしたので、一気に笑いが冷めた。

「怜」

名を呼んだ途端、怜はすっと笑みを引っ込めた。その瞬間、爽は自分に嫌気がさした。

背後では要が、こんな自分を眺めて面白がっているのだろう……

「鈴木さん、着替えてきなさい」

苺をこの場から遠ざけたくて、爽は彼女に命じた。

サンタのオブジェを一緒に眺めて感想を聞きたかったのに……という心の声を握りつぶす。

小さく唇を突き出した苺は、「わかりました」と頷き、スタッフルームに姿を消した。

「怜……すまなかった」

小さな声で口にしてすぐ、爽もスタッフルームに向かった。怜に対して抱いた感情を、彼は頭から消し去った。

いまの自分の感情を分析したくはないし、認識したくもない。

29 あらぬ誤解 ～苺～

あーあ、せっかく着たんだから、ずーっとこのクリーム色のスーツでいたかったのになぁ。

「ちぇっ」

苺はつまらなく思いながらも、脱いだスーツをハンガーにかけ、メイド服を取り出して着替えた。

頭にカチューシャを装着しながら、更衣室を出ると、藤原がパソコンを前にして忙しく指を動かしていた。テーブルの上には、パソコンが二台置いてあった。藤原の黒いノートパソコンと、淡いピンクのやつ。

「店長さん、その……」

「鈴木さん、コーヒーをお願いできますか？」

声をかけた途端、藤原は振り返りもせずに言う。

「は、はい」

そのノートパソコン、可愛いですねと言うつもりだったのに……

しかし、店長さん、二台めのノートパソコンにピンクを選ぶとは……それとも、これは共有で使うためのものとか？

苺にも使い方を覚えろなんて、言い出さなきゃいいけどな……

でも苺は下っ端店員だから、パソコンを使っての業務なんて、任せられたりはしないだろう。

苺は、下された指令を果たすため、給湯室に入っていった。

しかし、コーヒーか……。これはお初の注文だ。

インスタントコーヒーの瓶《びん》なんて……なかったよなぁ？　あの店長さんが、インスタントなんかで満足するわけないか。えーっと、コーヒーメーカーは……？

――こいつだ！　喫茶店のマスターなんかが、こういうの使ってるよ。

独特な形態をしたガラス製のものを取り出した苺は、ためつすがめつ眺めたものの、頭を抱えた。

これ、どうやって使うんだあ？

苺は天井を数秒睨み、くるりと方向転換し、外に出た。

「店長さん」

呼びかけたが、パソコンの画面を見据えたままで返事をしてくれない。どうやら仕事に没頭してしまっているようだ。仕事の邪魔をしては申し訳ない。何も藤原に、コーヒーの淹《い》れ方を聞く必要はないのだ。岡島のほうがやさしく教えてくれそうだ。

笑みを浮かべた苺は、メイド姿なのを気にしつつ、そっと店頭に出てみた。レジの近くにいたのは藍原だった。岡島はお客様の相手をしている。

残念、岡島さん、いまは駄目かぁ。

「鈴木さん、何か御用ですか？」

藍原に声をかけられた苺は急いで歩み寄った。

「コーヒーを淹れるように言われたんです」

それで？　というように、藍原は視線を投げかける。

「でも、あんなの使ったことなくて……」

「爽様から、使い方は教えていただかなかったんですか？」

「はい。紅茶の淹れ方は、嫌になるほど教わったんですけど……」

何がウケたのか、藍原は、おかしそうにくっくっと笑う。

「それでしたら、爽様にお声をかけて、教えていただきなさい」

「で、でも……あの、藍原さん、教えてもらえませんか？」

「それはできません」

きっぱりと断られて苺は萎《しお》れた。

やっぱり駄目か……藍原さんと岡島さんは、店員さんしてなきゃならないんだもんなぁ。

苺は仕方なく、スタッフルームに引っ込んだ。入ったところで、藤原と目が合う。なぜか、視線が鋭い。

「あ、あの……？」

「鈴木さん、コーヒーはどうなったのです？」

「い、淹れようとしたんです。けど、やり方がわかんなくて」

「そうでしたか」

「あ、あの。ああいうのじゃないと、駄目ですか？」

「ああいうのとは？」

「あの、喫茶店のマスターなんかが使ってるようなやつじゃなくて……」

「紅茶にしてください」

話の途中であっさりメニューを変更され、コーヒーメーカーの話は続けられなかった。

すでに藤原は、苺のことになど関心がなくなってしまったようで、仕事に集中している。

苺はどうせ聞いちゃいないだろうと思いながらも、藤原に「わかりました」と返事をし、紅茶を淹《い》れるために給湯室に戻った。

「まずまずですね」

紅茶を一口飲んだ藤原の言葉に、合格点をもらえたと思った苺は、パッと笑みを浮かべた。

「そうですか？」

「何を喜んでいらっしゃるんですか？」

「は、はい？」

「いまのは、でしょでしょの、類似変換ですよ」

はいっ？

でしょでしょ？　る、るいじへんかん？

なな、なんだそりゃ？

りませんか？」

「『でしょう』が、『でしょでしょ』ならば、『まずい』は、『まずまず』となるのではあ

澄まし顔でそんな説明をする藤原に、苺は顔を引きつらせた。

「まずいをまずまずなんて……」

抗議しようとした苺は、途中で言葉を止めた。

いや、苺、使うかもしんないな。

「で、でも、いまのは、苺を引っかけようという魂胆《こんたん》で、店長さん、そう言ったんじゃないですか？」

「その通りですよ」

藤原はふてぶてしく言い、ふっと鼻で笑った。

まったく、やってられないよ。

今日一日のことを振り返りつつ、苺は自転車を漕《こ》いで実家に帰った。

岡島さんと仲直りできるようにって、心を砕いてあげてるってのに……苺の努力はちっとも実にならないんだもんなあ。恋人と仲違いしたままなんて、楽しくないだろうにさ……

しかし……まずまずだなんて……

苺は思い出してぷっと噴いた。くすくす笑いが止まらない。

でしょでしょの類似変換だなんて、変なことを言い出すし、苺のことを引っかけようとして口にしたんじゃないかって指摘したら、「そうですよ」って、いけしゃあしゃあと認めるし……

あの店長さん、気取ってるだけかと思ったら……案外砕けてて面白いかも。

家に到着し、苺は玄関前の邪魔にならないところに自転車を停めた。

ありゃ？　どでかいバイクがある。

苺はその大きさを誇示し、威圧感を与えているバイクを、憎々しげに睨みつけた。

この邪魔物がぁ。こんな暴力マシンなんぞが側にあったら、苺の桃色の自転車は怯えるかもしんないじゃん。

苺は周囲を見回して誰もいないのを確認してから、足を振り上げてバイクの胴体に思い切りキックをかました。横倒しにしてやろうと思ったのに、こしゃくなバイクはびくともしない。

こ、こんにゃろう！

「三号、お前何してる？」

苺は、聞き覚えのある声にぎくりとして振り返った。

近所に住んでいる、幼馴染の二ノ宮剛《にのみやつよし》だ。

こいつは、苺のことを三号と呼ぶ。

なぜかって？

話せば長くなるのだが……剛は苺の愚兄《ぐけい》である健太を、昔から、馬鹿じゃないかと思うほど崇拝している。その健太から、剛は二号と呼ばれているのだ。

二ノ宮剛だから、二号……

子分一号は苺で、剛は二号。剛は名前だけが理由で、一号の座に収まっている苺が気に食わないのだ。だから剛は、『お前が一号であることを俺は認めていないぞ』という意味を込めて、苺を三号と呼ぶ。

大学三年にもなって、いまだにこんなみみっちいことにみみっちくこだわってる、こいつのお子ちゃまな神経が、苺には失笑もんだ。

自分にとっては、一号の称号なんぞ、喜んでくれてやらあ、ってなもんなのだが……

「あ、あら、来てたの」

「お前、いま俺のバイク、足蹴《あしげ》にしたろ！」

み、見られてたのか？

「蹴ったんじゃないわよ」

苺は、動揺しながらも、澄ました口をきいた。

「どのくらい安定感があるもんなのか、確かめてみたかっただけだもん」

「まったく、三号はガキだな。俺のマシンがうらやましくてなんないんだろ。なにせ、お前の愛車は……それだもんな」

「よくも苺の愛車を、見下したような言い方してくれたね」

「あんたたち、相変わらず仲がいいわねぇ」

聞き捨てならない言葉を耳にし、辺りをきょろきょろ見回すと、家の窓からこちらを眺めている節子の姿があった。どうやら、このやりとり、すべて窓から見られていたらしい。

「仲良くなんかないもん」

「右に同じ」

「左じゃん」

「お前、こういうのはな、右にいるかどうかは関係ないんだよ」

小馬鹿にしたように言う剛を、苺は睨み返した。

節子は、あははと笑いながら部屋の奥へと引っ込んだ。

「それで、あんた、何しに来たのよ」

「健太の兄貴に頼まれたもん持ってきたんだよ」

「ふーん」

頼まれたもんがなんなのか、まったく興味のない苺は、適当な返事をしつつ玄関のドアノブに手をかけた。

「三号、お前、転職したんだって？」

問いかけられて、苺は渋々振り返った。

お兄ちゃんに聞いたのか？　くそっ、男のくせにおしゃべりなやつらめ。

「したけど、それが？」

「いや、聞いただけ」

上から目線で言われて、苺は憤《いきどお》った。

「用事終わったんなら、帰れば！」

「そこのショッピングセンターなんだろ？　今度、ひやかしにいってやるよ」

にやにや笑いが、癇《かん》に障《さわ》るったらない。

「くんな！」

苺は捨て台詞《ぜりふ》を吐くと、玄関の扉を開けて、力一杯閉めた。

扉の向こうから、剛の高笑いが聞こえてきて、苺は悔しさに地団太《じだんだ》を踏んだ。

まったく、苺の周囲は、どうしてあんなのばっかなのだ。

バッグを階段下に置き、苺はドスドスと足を踏み鳴らして洗面所に向かった。

藍原さんくらいだよ。男性でやさしいのは……

ただ、もうちょっとでいいから、親しげな感じだったらねぇ〜。

藍原さんって、武士道を極めしサムライって感じだよね。西洋でいうと甲冑《かっちゅう》を着た無敵の騎士。

それでいくと、岡島さんは女騎士って感じだな。美しき女騎士、ジャンヌ・ダルクも

真っ青だよ。……で、店長さんは……

やっぱ、わがままな王様かな？

「ぷははっ！」

「あら、苺さん、お帰りなさい」

「あ、真美さん、ただいまぁ」

「ずいぶん楽しそうね。剛さんと会った？」

にこにこと、どこか意味深に言われて、苺は口をすぼめた。

真美は、剛と苺に対して、おかしな誤解をしているようなのだ。

「剛と会ったから、楽しそうなわけじゃないよ」

真美はわかってるわよというような表情で、うんうんと頷く。

「剛さん、やさしいひとよね」

やさしい？

「そう？」

苺は疑わしげに言った。

「胎教《たいきょう》にいいって評判のCD、わざわざ見つけて持ってきてくれたのよ」

それは、馬鹿崇拝してる兄貴分の頼みだからだ。

「スタイルいいうえに、美男子って言葉が嫌味じゃないほど整った顔してるし……苺さん、あんな素敵なひとが彼氏じゃ、気が気じゃないでしょう?」

「真美さん、男はスタイルや顔じゃないよ」

だいたい、あんなの彼氏じゃねぇし。

「うーん、まあ、確かにそうよね。わたしも健太さんがハンサムで背が高くてすっごくカッコイイからってだけで、好きになったわけじゃないし……」

と言う真美の目はハートになっているうえに、口から出てくる言葉にもハートがちりばめられている。苺は、どっと疲れた。

「わたし、着替えてくるね」

「ええ。今夜は中華よ。生春巻きと、酢豚と、苺さんの好きな卵入りのコーンスープも作るつもりよ」

「おおっ、楽しみだぁ」

「ふふ。そんな風に喜んでくれると、作り甲斐《がい》があるわぁ」

「だって、真美さんほんとにお料理上手だもん」

「ありがと」

嬉しそうに言われて、にっこり笑い返した苺は、真美のお腹へと手を伸ばした。

「ねぇ真美さん、ちょっとだけ触ってもいい？」

期待を込めてお願いすると、「いいわよ」と微笑みながら言ってくれる。

そっと触れた瞬間、微かな動きを感じた。

生命の神秘というのか、特別なエネルギーを直接感じたようで胸が熱くなる。

「ふふ、苺さんに触れてもらえて、喜んでるみたい」

「そ、そうかな？」

まだ見ぬ赤ちゃん、苺叔母ちゃん、会える日を楽しみに待ってるからねぇ。

苺は胸を期待いっぱいにふくらませて、小さな命に語りかけたのだった。

30　三人目の部下　～爽～

「爽様」

顔を上げた爽は、眉を寄せた。

「なんだ要、まだいたのか？」

クリスマスの飾りつけに参加したくて出てきたというのだが、まさか、こんな時間まで残っているとは……

「休みを無駄にしたな」

「そのようなことはありません。充分楽しみました」

要は、満足そうに微笑んで言う。どうやら、クリスマスの飾りつけのことだけではないようだ。

「今夜もこちらで、夕食をお召し上がりになるのですね？」

「あ、ああ。もう少し仕事をやっておきたいのでな」

そう言うと、要は腑《ふ》に落ちないというような表情をする。

要の反応はもっともだ。仕事なら避難場所のワンルームでできるし、これまでだってそうしてきた。さらにいえば夕食も、ワンルームに用意させていたのだ。ここで食べる必要はないと思って当然。それを踏まえて要は、爽の行動の理由を推《お》し量《はか》っているに違いない。

苺をワンルームに住まわせているということが、この男にはすでにバレているのだろうか？

「爽様が屋敷にお戻りになられないので、吉田さんが寂しがっておいでですよ」

「仕方がないだろう。屋敷には羽歌乃さんが居ついてしまっているんだからな」

「大奥様もお年です。今回は爽様から折れてみては」

要の言い分を、爽は鼻であしらった。

「要、お年だからという理由で折れたりしたら、それこそ羽歌乃さんの機嫌を損ねるぞ」

「そこは爽様の巧《たく》みな話術で」

「羽歌乃さんのことは気にするな。あのひとは楽しんでるんだ」

「少々小耳に挟んだのですが、避難場所になさっていた、あのワンルームマンションの出入りをみなに禁じられたそうですね？」

意味ありげな視線を送ってくる要を、爽は澄まして見返した。

「女を囲ってるんじゃないのか？」

からかいを込めて、まるで他人事のように言ってやる。

「まさか……」

要は不安そうな顔で息を呑む。

まさか、要のやつ、私が苺を囲っていると受け取ったのか？

「ずっとホテルに宿泊されているのですね？」

「うん？」

「鈴木さんに、あのワンルームをお譲りになったのでしょう？」

一部、不正解だが、これについては正解だ。爽は答えず、要を見つめ返した。

「そういうことでしたら、すぐに避難場所を確保いたしましたのに」

「すでに確保してる」

そう報告すると、要はほっとしたようだった。

上司である爽をホテルに寝泊まりさせてしまっているというのは、直属の部下である要としては、あってはならないゆゆしきことらしい。

苺があのワンルームに住むことになったのはバレてしまったが、要を安心させられてほっとする。

自分が昨夜、たとえ成り行きだったとしても、苺のベッドに潜り込んだなんて知ったら……いったい、どんな反応をするんだろうな？

「爽様、そのパソコンについてお聞きしても、よろしいでしょうか？」

桃色のパソコンを指しながら聞いてくる。

「わかっているんだろう？」

「はい。鈴木さんが関連していることは」

「私も、そう彼女につきっきりというわけにはいかないからな。これを使って学んでもらうつもりだ」

つきっきりは楽しいのだが、自分の仕事が滞《とどこお》る。昼間、彼女で遊んでばかりいたら、寝る時間がなくなってしまう。

「大丈夫ですか？」

心配そうに問う要に、爽は笑いかけた。

「お前の報告書は見やすいからな。お前のほうこそ、仕事が大変なのではないか？」

要は宝飾店の仕事だけでなく、爽が目を通す膨大な報告書の作成も行っている。易々《やすやす》とこなしているようだから、つい任せっぱなしにしているのだが……

「怜に任せる量を徐々に増やしていますので」

そう口にしながら、要は怜のいる店のほうにちらりと視線を向け、さらに言葉を続ける。

「彼は呑み込みが早いですから、的確に処理してくれます」

そう話しているところで、夕食が届いた。昨日の昼食を、爽が自ら受け取りにいったものだから、昨日の夕食から、屋敷の使いの者がふたりでやってくるようになった。

いい気分転換になるし……別に構いはしないのに……

爽がいくらいいと言っても、吉田はこういうところに非常にこだわる。それは執事頭としての、自分の務めだと思っているのだ。

「私への荷物があるはずだが？」

夕食の包みを受け取っている要の隣に並んで、爽は尋ねた。

「あっ、はい。こちらですね」

小さな包みを差し出され、爽は何食わぬ顔で受け取った。

「爽様、それは、明日の朝食でしょうか？」

「ああ」

「やはり、今夜もお戻りには？」

「今回の羽歌乃さんとの攻防に、終止符を打てたら帰るさ」

顔をしかめた要は、深いため息をつき、帰り支度を始めた。


怜とともにスタッフルームで夕食を終えた爽は、帰る前にもう一度、店内のクリスマスの飾りつけを見に行った。

悪くないが、もう少し華やかな色が欲しいな。花を飾ろうか？　飾るとすれば、クリスマスらしい花がいい。

閉店まで残るスタッフふたりに声をかけ、爽はスタッフルームに戻った。

帰り支度を終えた怜が、更衣室からちょうど出てきた。

「爽様、これからお帰りに……」

「ああ。帰るところだ」

持ち帰る荷物をまとめながら返事をすると、怜は急いで歩み寄ってきた。

「お車までお持ちします」

「そうか。それじゃ、半分持ってくれ」

「いえ、全部お持ちいたします」

焦《あせ》って言う怜に、爽は苦笑した。

「言っておくが、要なら、『はい、そうですか』と、私に半分持たせるぞ」

爽の言葉に、怜はくすっと笑う。

そんな怜の顔を見て、確かに男と知らぬ者の目には、女と映るかもしれないなと思う。

「藍原さんは特別だと思います」

「お前もそうだろう」

「は、はい？」

「お前だって、他のスタッフとは違うんだ。それをしっかり自覚しろ」

「はいっ。わかりました」

怜は表情を引き締めて頷く。

爽は荷物を半分手渡し、一緒に裏口から出た。

要と怜は、爽のための部下だ。執事頭の吉田と同等の位置づけ、だからこのふたりは吉田の命令は決して受けない。

その有能さと彼らの持つ感性で、爽は彼らを選んだ。ふたりとも側に置いておいて心地いい人物だ。

怜はまだまだ、爽に対しての緊張や遠慮が感じられるが、要とまったく同じになってほしいわけではない。要とは違う成長を見せてほしい。

　そして、三人目となったのが、鈴木苺なのだ。

　まあ、彼女は要や怜とは少々違うが……

　ところで、夕食は実家で食べるようだが、そろそろワンルームに戻っているだろうか？

　夜道を自転車で移動しているらしいが、事故にでも遭《あ》わないかと、いささか不安になる。

　車を与えてやってもいいのだが……制服などと違い、一従業員に専用車を与えるというのは……世間的には非常識なことだし……苺は拒否するに決まっている。常識、非常識なんてもの、私自身は気にならないが、彼女に拒まれては買っても意味がないからな。

　無事に着いているといいのだが……

　不安が膨らんできて、車に荷物を積み込んだ爽は、怜に声をかけすぐに車を走らせた。


　ワンルームの苺の部屋には、ちゃんと灯りがついていた。爽は灯りを見つめながら、苺の携帯に電話をかけた。荷物は一度に運べる量ではない、苺にも手伝って貰うつもりだ。

「はい？」

　彼女がなかなか電話に出ないことに苛立ち始めたとき、小さな声が通話口から聞こえた。

「鈴木さん、藤原ですが」

「店長さん、まだ来ないんですか？」

いまかいまかと待っていたような彼女の口調に、爽は気をよくした。

「下にいるんですが……荷物がたくさんあるんです。運ぶのを手伝ってくださいませんか？」

「すぐ行きまーす！」

弾んだ声で答えた苺は、すぐにやってきた。

「お待たせしましたぁ。荷物はどこですか？」

元気なのはいいが……彼女ときたら、この寒い夜に防寒着を何も羽織らず、こんな薄着で外に出てきている……

「鈴木さん、なんて格好です？」

「はいっ？」

爽の叱責《しっせき》に驚いた苺は、戸惑い顔で自分の身なりを確かめている。

「そんな薄着で外に出てきては、寒いでしょう」

「あ、ああ、大丈夫です」

大丈夫なわけがない。爽は呆れ顔で自分のコートを脱ぎ、彼女に着せた。

「す、すみません」

すまなそうに言った苺は、「わあっ、あったかいですぅ」と感激して叫ぶ。まったく彼女ときたら……笑いを誘われてならない。

「ちゃんと袖《そで》を通して。でないと荷物が持てませんよ」

「はーい」

素直な返事をする苺に、またもや笑いが込み上げる。

彼女は私に対して、さして緊張したりかしこまったりしない。それは、自分のことをよく知らないからなのだろう。彼女は、私を宝飾店の店長だとしか思っていない。もし自分のことを知ってしまったら……彼女の態度は一変するんだろうか？

ネガティブな想像をしてしまい、爽は顔をしかめた。

「店長さん、苺はどれ持てばいいですか？」

トランクの中の荷物に手を伸ばしながら、そんな思いに駆られていた爽は、苺に顔を向けた。

「これと、これをお願いします」

サイズが大きすぎるせいで、コートの袖口からほとんど出ていない手を伸ばし、苺は荷物を受け取った。

「ずいぶん重いんですね」

「壊れ物ですよ。落とさないように気をつけてください」

「わ、わかりました」

残りの荷物を全部取り出し、爽はトランクを閉めたが、荷物が少々手に余る。

彼女に、もう少し手伝ってもらうか……

「鈴木さん、まだ持てますか？」

「はい。もてるですよ」

軽いほうの荷物を彼女に手渡した爽は、「では、行きましょう」と声をかけ、歩き出した。

昇るエレベータの中で、爽は彼女の抱えている荷物を見つめた。

その中に入っているものを見て、彼女は喜んでくれるだろうか？

はしゃぐ彼女を頭の中で思い描き、爽は笑みを浮かべた。

31　じわじわと虚しさ　～苺～

まったく……

苦手な科目の追試、延々と受けさせられてる気分だよぉ～。

苺はいじけた気分で、命じられた紅茶を淹《い》れているところだった。

お店から直行してきたとかで、藤原はいまお風呂だ。

あのたくさんの荷物のほとんどは、藤原の服や、身の周りのものだったのかもしれない。

イチゴヨーグルトをどっさり持ってきてくれたものと喜んでいたのに、ぬか喜びもいいところだ。

ほんとに持ってきてくれたのかなぁ？

「はぁ～」

苺は、テーブルの側に置かれている藤原の荷物を見つめ、ため息をついた。

「鈴木さん」

「ふひょっ」

風呂から上がった藤原に声をかけられ、苺はまだ続いていたため息をおかしな声とともに、ぴたりと止めた。

「は、はい。紅茶すぐに」

「ゆっくりでいいですよ。泊めていただく身ですからね」

そりゃあ、どういう意味だ？　ゆっくりでいいというのが、泊めていただく者の遠慮ってか？　そこに気を遣うなら、紅茶くらい自分で淹れろってんだ！

贅沢《ぜいたく》なイチゴヨーグルトを期待していたぶん、苺はやさぐれた気分で紅茶を淹れ、藤原に持っていった。

受け取って一口啜《すす》った藤原は、苺をじっと見つめてきた。表情をまるで変えない藤原に見つめられてると、落ち着かない。

「まずまずですね」

や、やっぱりかい？ 予想していた通りとはいえ、そっぽを向いて拗《す》ねた苺は、潜めた笑い声を耳にして、藤原を見た。

「類似変換ではありませんよ」

「えっ？」

「まずまずおいしいですよ。だいぶ上達しましたね」

「ほ、ほんとにですか？」

「ええ。おいしく淹《い》れられるようになるためには、とにかく繰り返すことです」

「は、はあ……あ、ありがとうございます」

藤原に対して、単純にむかっ腹を立てていた自分が恥ずかしい。

そんな考えがあってのことだったなんて……

だから藤原は、苺が嫌になるほど何度も繰り返し練習させたのだ。

なのに、わたしってば……苺を苛《いじ》めて楽しんでるんだなんて、勝手に思い込んで……

苺、大反省だよ。

「ごめんなさい」

苺は思わず藤原に頭を下げていた。

不意打ちの謝罪を受けた藤原は、腑《ふ》に落ちない表情で苺を見つめ返す。

「どうして謝られたのかわかりませんが……」

「い、いえ……ちょっと反省して……」

苺の頬が耐え切れないほど熱くなるまで、彼女の顔を凝視していた藤原は、ふいに顔を逸らした。そしてもう一口紅茶を含むと、ソーサーに置いた。

「鈴木さん、これを」

藤原は床に置いてある紙袋を手にして、苺に差し出した。

この紙袋は、今日買い物に行った輸入雑貨のお店のものだ。大きな箱がひとつだけ入っている。

「これ、なんですか？」

「泊めていただくお礼ですよ」

「えっ、この大きな箱に、イチゴヨーグルトが入ってるんですか？」

「イチゴヨーグルトではありませんよ。開けてごらんなさい」

なんだ、イチゴヨーグルトじゃないのか？

気落ちしつつ、苺は箱を取り出して蓋《ふた》を開けた。

「わあっ！　これって……」

あのツリーだ！　素敵な光で輝くツリー。

「これ、わ、わたしに？」

「鈴木さんに、というわけではありませんよ」

な、なんだ違うのか？

でも、泊めてもらうお礼だって言ったのに……

「お礼じゃなかったんですか？」

「そうですよ。十日間ほど、この部屋に飾って、鈴木さんに楽しんでいただこうかと思ったんですが……」

藤原の言っている意味がわからず、苺はまごついた。なぜ十日間？

「喜んではいただけませんでしたか？」

苺の反応が悪かったようで藤原が残念そうに言い、彼女は焦った。

「よっ、喜んでないことはないですよ。……でも、あの、なんで十日間なんですか？」

「ああ、すみません。説明が足りていませんでしたね。クリスマスまで、ひと月ほどありますからね。店内にずっと同じものを飾っていたのでは、お客様も飽きてしまわれるでしょう？」

「ははあ」

「メインに飾ったサンタは、十日ほどしたら、これと入れ替えるつもりなのですよ」

やっと話が見えた。

「それじゃ、それまでツリーはここに？」

「ええ。鈴木さんがそれでよければ」

「もちろんですっ。飾ります。楽しみます。ありがとうございますっ」

歓喜の声を上げた苺は、ツリーを取り出して床に置いた。

まだコンセントにさしていないから光ってはいないが、このままでも充分素敵だ。

「店長さん、どこに飾ります？」

「どこでも鈴木さんのお好きなところに……」

さほど興味はなさそうな口ぶりだった。

藤原を見ると、いつの間にやらパソコンを開き、キーを叩いている。

「まだお仕事するんですか？」

「え、ええ……」

すでに仕事に集中してしまったらしく、藤原は上の空で返事をする。

邪魔をしては申し訳ないと、苺はツリーを手にして部屋の中を歩き回った。

どこに飾ろう？

苺は飾り棚の上にツリーを置き、コンセントにさしてスイッチを入れてみた。ツリーは、輸入雑貨の店にあったときよりもさらに幻想的に感じられ、キラキラと輝くさまは夢のようだった。

「いいですね」

藤原の声に、苺は振り返った。藤原は表情を和らげてツリーを見つめている。苺は、なんだか胸がドキドキし、嬉しくなった。

「素敵です。店長さん、ありがとうございます」

「いえ」

苺のお礼の言葉をあっさりと受け取ると、藤原はカップを手にして紅茶を飲む。

「鈴木さん、こちらにいらっしゃい」

藤原に呼ばれて、苺は彼の側に近づいた。ラグの上に座っている藤原は、自分の隣に来るように苺を手招く。

「なんですか？」

そう尋ねた苺に、藤原は桃色のノートパソコンの画面を向けてきた。

なんだろうと画面を覗き込んだ苺は、眉を寄せた。

……おいしい紅茶の淹《い》れ方？

「これって？」

「鈴木さんに学んでいただくことを、まとめてみました。これから私の指導を受けるにあたって、これらは復習の教材として使います」

復習の教材？　な、なぬ～ぅ！

わたし、学生に逆戻りってか？　もう勉強などとは無縁だと思っていたのに……

はっきりと浮かんでいる苺の苦々しい表情に藤原は気づかないのか、気づかないふりをしているのか、さらに言葉を続けた。

「問題文が作ってありますから、時間のあるときに解いてみてください。採点は私がしますので」

採点……

苺はその言葉に、眩暈《めまい》を感じてふらついた。

「桃色がお好きということでしたから、桃色にしたのですよ。気に入っていただけましたか？」

このパソコンは苺のためのものだったのか⁉

心の中ですすり泣きながらも、苺は笑みを顔に貼り付け、藤原に「桃色も……好きです」と言った。

『でも、テストも勉強も、採点って言葉も、大嫌いだよっ！』と、心の中で声高《こわだか》に叫ぶ。

「鈴木さんは、いつも何時くらいに就寝されるのですか？」

「……何時に寝るって決めてなくて、眠たくなったら寝てます」

「いまは？　もう眠いですか？」

「まあ、それなりに……」

イチゴヨーグルトがないんじゃ、もう起きてても楽しみないし……

「それでは、もう寝ますか？」

「そうします」

苺は肩を落としながら答え、立ち上がった。

「パジャマに着替えてきます」

「それでは、私はここで着替えさせていただきますよ」

「店長さんも、もう寝るんですか？」

「仕事が残っているのでもう少しやっておきたいのですが……部屋が明るいと鈴木さんが眠れないでしょうし、鈴木さんに合わせて寝ますよ」

確かに、部屋が明るかったら、眠れないかもしれない。

「なんかすみません」

苺は申し訳ない気分で謝った。

洗面所で着替えながら、申し訳ない気分がさらに膨らんでくる。

あのあと『構いませんよ』と藤原は言ってくれたが……ここはもともと彼が寝泊りしていた部屋なのだ。部屋を取り上げてしまって、ほんと、悪いことをしてしまったと思う。

あの２ＬＤＫの部屋に移ったほうがいいのかな？

悩みつつパジャマに着替え、苺は部屋に戻った。藤原は光沢のある手触りのよさそうなパジャマを着て、自分のパソコンに向かっていた。

苺に気づいた藤原は、すぐにパソコンを閉じた。

「鈴木さん、忘れていました」

忘れてた？

「何をですか？」

藤原は紙袋の中を探り、取り出したものを苺の目の前にかざしてきた。まるでプレゼントのように綺麗にラッピングされている。

「な、なんですか、これ？」

「お約束のものですよ」

お約束？

まっ、まさかっ！

苺は急いでラッピングを解き、中から出てきた箱の蓋《ふた》を開けてみた。

箱の中に保冷パックが入っているのを見て、苺の胸は期待に膨れ上がった。

心臓をバクバクさせて開けてみたら、そこには期待通りのものが!!

「イチゴヨーグルトですよ」

感激している苺に、藤原が言う。

「は、はいっ！　イチゴヨーグルトでした！」

そのイチゴヨーグルトは、これまでお目にかかったことのない豪華さだった。とんでもなくつやつやな大粒のイチゴがてんこ盛りになっている。苺は嬉し過ぎて意識が飛びそうになった。

「寝ないんですか？」

豪華イチゴヨーグルトを手にしたしあわせをじわじわと味わっていた苺は、藤原の声で現実へと引き戻された。いつの間にやら藤原は、ベッドに横になっている。

「ね、寝ます……けど……」

苺はイチゴヨーグルトを見つめた。さあ早く、わたしを召し上がれ……と、苺を甘く誘う。

寝る前だけどさ……ひ、一口、一口だけ食べようかなぁ～、なんて。

「鈴木さん、どうしたんですか、そんなところに突っ立ったままで」

苺は顔をしかめた。そんな風に言われては、さっさと寝ないわけにはいかない。お楽しみは明日の朝まで延ばさなければならないようだ。苺は渋々、冷蔵庫の中にイチゴヨーグルトをしまい込んだ。

明日の朝まで待っててね。

イチゴヨーグルトに別れを告げ、冷蔵庫のドアを閉めた苺は、すごすごとベッドに向かった。

まさか、明日の朝起きたら、夢でしたぁ、な～んてオチにはなんないよね。

あーあ、一口でいいから食べたかったなぁ～。

苺は灯りを消し、ベッドの中に潜り込んで暗い天井を見つめた。

ふわふわなスプリングとやさしい温もりに包まれた苺は、うじうじ考えていたわりに、呆気《あっけ》なく眠りに落ちたのだった。


目の前に、赤いものがうにょうにょとうごめいていた。

それがなんなのか確かめようと、苺は目を凝らした。

な、なんだぁ？

赤いイチゴたちが、何かの開催を祝うオープニングダンスを披露《ひろう》している最中のようだった。苺はホールの隅っこに、ひとりぽつんと立っている。

イチゴたちはあちこちで輪を作り、列を成し、丸い身体をふりふりと振りながら、一生懸命に、けれど楽しげに踊っている。

イチゴたち、なんのお祝いをしてんのかな？

眉を寄せて首を捻《ひね》った苺は、輪の中央にいる人物に気づいた。

ありゃりゃ、あれって……店長さんじゃないのか？

こんなとこで、何やってんだぁ〜？　あのひと。

驚いたその瞬間、苺は藤原の正面まで移動していた。

藤原は、なんと苺にくれたはずのイチゴヨーグルトを手にしている。そして、いままさにスプーンにすくって頬張ろうとしていた。

「や、やだっ！　食べちゃ駄目ぇー！」

苺は絶叫しながら藤原に飛びかかっていった。

『うわっ！』

驚きの声を上げた藤原は、床に転がった。

馬乗りになった苺は、ハーハー荒い息を吐きながら、藤原の肩を無茶苦茶に押さえ込んだ。

だが、彼が手にしていたはずのイチゴヨーグルトはどこにもない。

「い、イチゴヨーグルトは？　吹っ飛んじゃったんですか？」

苺は半泣きで叫び、そこらに転がっているに違いない、イチゴヨーグルトを必死に探した。

「――鈴木さん、夢でも見たのですか？」

冷静な藤原の言葉に、苺は組み敷いている藤原と目を合わせた。

「……へっ？」

苺はパチパチと瞬《まばた》きして、もう一度藤原と目を合わせた。

「夢……？」

ここはホールでも床の上でもない。ベッドの上だ。

「差し上げたものを、取り上げて食べたりはしませんよ」

自分がやらかした失態に苺はようやく気づいた。

「あわわっ！」

苺は藤原の上からポンと跳びのき、その勢いで床の上に落ちた。ドタンとでかい音がした。

「い、いたーっ」

「朝から、お元気ですね」

世間話のようにのんびりと言いながら、藤原はベッドから降りた。そして床に転がっている無様な苺を見て、ふっと笑い、この場から去っていった。

どうやらトイレにでも行ったらしい。

とんでもない醜態をさらしてしまったことに、苺は熟度百パーセントで照れながら、アザができたに違いないお尻を持ち上げて、片手でさすった。

いてて……

如才《じょさい》無い藤原は、朝食を持参していた。苺作の梅干入りの質素なおにぎりが、恥ずかしがって逃げ出さないのが不思議なほど、それは豪勢《ごうせい》でおいしそうだった。

こいつはきっと、いつも店に届けられる豪華な食事を作っている料理長さんが作った代物に違いないよ。

苺にくれたイチゴヨーグルトも、おそらくその料理長が作ってくれたのだろう。

ひとつ目のおにぎりをパクパク食べながら、苺は食後の豪華イチゴヨーグルトを思ってにやついた。

「鈴木さん」

「はーい？」

イチゴヨーグルトのことで頭がいっぱいだった苺は、しまりのない返事をした。

「そのおむすび。ご自分で作られたんですか？」

「もちろんそうですよ」

ふと見ると、どうしたというのか藤原は、珍しく口ごもっていらっしゃる。

「あのぉ、店長さん、何か？」

「交換……してくださいませんか？」

ひどく言い難そうに藤原は言ったが、意味がわからない。

「はい？　交換って、何を交換するんですか？」

「そのおむすびと……私のこの朝食を……」

取り引きの内容に、苺はきょとんとした。

「これ？　と、それを？」

苺はおにぎりを指差し、それから藤原のデラックスな朝食を見て確かめた。

「ええ」

苺は訝《いぶか》しく思って目を細めた。

何言ってんだ？　……このひと。

「やはり駄目ですか？」

藤原はひどく残念そうに言う。

冗談でもなく、からかっている風でもない藤原の様子に苺はびっくりした。

店長さん、自分が何を言ってるのかわかってんか？

こいつは――自分でいうのもなんだが――料理下手で有名な苺が握った、ただの梅干おにぎりなんだぞ。かたや店長さんのは、やたら豪勢な朝食だ。高級メロンを差し出して、一山百円のみかん一個と交換してくれと言っているようなもの。

「そんなの。や、やめといたほうがいいですよ。交換なんてしたら後悔しますよ。そっちのほうが、どう見てもおいしそうじゃないですか」

「もういいですよ。……鈴木さん、すみませんでした」

苦笑いをして、落ち込んでいる——の表情を目にした苺は、ものすごく罪悪感が湧いた。と同時に母性本能をくすぐられて胸がキューンとする。

「あ、あげます。まだふたつもある……い、苺、それ、すっごく食べてみたいし」

「無理なさらなくていいんですよ」

「む、む、無理なんかじゃないですよ」

苺は藤原の手を取ると、その上におにぎりを置き、代わりに彼の野菜たっぷりのホットドッグをむんずと掴んだ。

「本当によろしいんですか？」

いや、だからそれは、苺の台詞《せりふ》だっての。

「よ、よろしいんです」

苺がそう言うと、藤原は申し訳なさそうな表情をしながら、おにぎりを口に含んだ。

お、おいっ。後悔しても遅いぞ！

料理の自信などこれっぽっちもない苺は、心の中で叫び、ごくりと唾《つば》を呑み込んだ。

そして息を詰めて、店長さんの反応を待つ。

「おいしいな……」

は……はい？

想像を絶したまずさに、もしや味覚がいかれたか？

「あ、あの。大丈夫ですか？」

「何がですか？」

きょとんとした顔で聞き返され、返事に困る。

「い、いえ……別に……」

眉を寄せた苺は、デラックスなホットドッグに、大きな口を開けてかぶりついたのだった。


むっひょひょ〜ん。

イチゴヨーグルトを口に含んだ苺は、あまりのおいしさに心の中で踊り狂った。

この世のものとは思えないほどうまい。

さすがこだわり店長さん！

あんたはやっぱり王様だ！

なんなら、王様認定書を、苺が手作りしてやってもいい！

てなくらいのおいしさだった。

大きな器《うつわ》に山盛りになっていたはずのイチゴヨーグルトは、藤原を絶賛している間に、するすると苺の口の中へと吸い込まれ、ハッと気づいたときには綺麗さっぱりなくなっていた。

な……なな……なくなっちゃってる！

苺は空の器の底を、呆然《ぼうぜん》と見つめた。

い、いま、たったいま……食べ始めたばかりだったのに……

ど、どんな味だったたっけ？

苺はいま口にしたイチゴヨーグルトの味を思い返そうとしたが、しょせん虚しい努力だった。

な、なんてこったぁ〜。大失敗だぁ〜。

苺は両手で頭を抱えて、床に転がった。どうやら、夢中になり過ぎたらしい。

「くそぉ〜」

長いこと惚《ほう》けていた苺は、器《うつわ》をもう一度見つめ、中身がないのを確認して、ようやく諦めの境地に至った。

仕事行かなきゃ……

時間を確認した苺は、気だるく思いながら起き上がり、もくもくとガラスの器を洗った。

この器、かなり品がよさそうだし、藤原にお返しすべきだろうか？

藤原は今朝、仕事が忙しいとかで、一時間早く出社していった。ひとりになった苺は、いそいそとイチゴヨーグルトを冷蔵庫から取り出して、食べたわけで……

綺麗に洗った器をハンカチで丁寧に包んだ苺は、バッグの中に入れようとして、ふと手を止めた。バッグの底に転がっている紙屑が目に入ったのだ。

そういえば、この紙屑、転がしたままだったよ。

指で摘まんで取り出し、そのまま捨てようとしたが、こいつがなんなのか気になり、皺を伸ばして確認してみる。

うぎょっ？　こ、こいつは……　消え失せた店長さんの名刺じゃないか。な、なんでくしゃくしゃになってんだ？

それにしても……

『ジュエリー Fujiwara　店長　藤原爽』

うーむ、店長さんの名前、なんかいいねぇ。おしゃれな名前だよ。店長さんにぴったりだ。

感心しながら一生懸命皺を伸ばし、藤原の名刺をお財布にしまう。そして、バッグに器を入れ、苺はワンルームをあとにした。

今日はかなり風が冷たい。自転車を漕《こ》いでいると、身体は温かい服を着ているから大丈夫だが、頬は強張ってゆく。

ガラスの器を返すときに、イチゴヨーグルトを褒め称えたら、また持ってきてくれないだろうか？

でも、店長さんと岡島さん、いい加減仲直りするよね？　そうなったら藤原がワンルームに来ることもなくなる。あのイチゴヨーグルトは、もう苺の世界とは無縁のものに……

胸の中に、じわじわと虚しさが広がる。

ちぇっ！

今日は仕事帰りに、お馴染みの三連パックのやつを買って帰るとしよう。

32 突っ込みどころ満載 ～爽～

『ミルクティーの淹《い》れ方。茶葉を置いおく時間は長くする。そして濃いのに牛乳を入れる。量は好みで入れてオッケーです。でも、店長さんのは長く入れぎすない。加減がとても大事。でじゃないと、味がコロッと変わり、どんなに高い茶葉でもまずくなます。それと、それとただの牛乳じゃ駄目で、成分調整牛乳が敵視てします。生クリームは駄目ね合いません。加工牛乳と低脂肪乳もやぱり合いません。』

苺の解答を読み終えた爽は、ちょっと頭を抱えた。いや、正直なところ、腹を抱えて笑いたい。

突っ込みどころ満載だ。

だが、『成分調整牛乳』についてはしっかりと訂正しておかなければならないだろう。

正解は『成分無調整牛乳』だ。まあ単に『無』を入力し損ねただけだろうが。

パソコンは扱えると言っていたし、入力速度も、彼が予想していたより速かったが、入力にミスがありまくりだ。もっと、慎重に打つように指導したほうがいいだろう。

苺は、今日は水色のメイド服だ。『不思議の国の苺』といったところか。

自分の書いた解答を、爽が採点しているものだから、落ち着かない様子で、もじもじしている。それがまた、爽にとっては楽しいわけで……

そういえば、イチゴヨーグルトは食べたのだろうか？　吉田に命じて、料理長の大平松に作らせたのだ。感想を聞きたかったのだが、自分がいる間に食べてくれなかった。

聞いてみようかと思ったそのとき、例の警告音が鳴った。

――爽は瞬時に立ち上がり、『不思議の国の苺』の手首を掴むと、彼女とともに店の裏口から駆け出した。

羽歌乃さんがやって来たのに違いない。

苺を祖母に見られては、面倒な事態になる。絶対に隠し通さなければ。

従業員通用口から駐車場に出て、苺を助手席に乗せ、自分も乗り込む。

「い、いったい……ハア、ハア。……な、なんなん……ハアッ、……で、ですかぁ？」

激しく息を切らした苺が聞く。同じく息を切らせてシートベルトをしめていた彼は、返事をせずに彼女にもシートベルトを装着させた。

「行きますよっ！」

それだけ口にし、車を発進させる。

「あの音は、いったいなんだったんですか？」

「緊急時のアラーム音のようなものです。鈴木さんは、気になさらなくてもよいのですよ」

「緊急時って、何かあったんですか？」

「私個人の」

こんなことを言っても、彼女には理解できないだろうが、ほかに説明のしようがない。

「苺に関係ないなら、店長さん、なんで苺を連れてきたんですか？」

その問いには答えられない。関係なくはないのだ。だが、関係あると言ったら、当然彼女は、「どんな関係があるですか？」と、苺語で聞いてくるだろう。

納得していない彼女が、さらに説明を求めてくる気配を察し、爽は話題を変えることした。

「ところでイチゴヨーグルトは、朝食後食べたんですか？　おいしかったですか？」

そう尋ねた途端、苺の顔は花開いたような笑顔になった。

「おいしかったです。そりゃあもう、夢のようでしたよ♪」

あまりに大げさな表現に、爽は噴き出しそうになった。どうやら、相当お気に召したらしい。

「それはよかった」

大平松には、褒美をやらねばならないな。

「てっ、店長さん」

苺の呼びかけに、爽はちらりと彼女を見た。

なにやらハンカチに包んだものを手にしている。

「あの……これ、器《うつわ》」

「ああ、どこでも適当に置いておいてください」

「は、はい。本当にごちそうさまでした」

お辞儀して包みを膝の上に載せたまま、『不思議の国の苺』は、ひどくもじもじし始めた。

「あ、あの、また泊まるところがなかったら……」

「はい？」

「苺の部屋に泊めてあげてもいいですけど……」

女性が口にするとは思えない大胆な発言に驚いた爽だったが、彼女がどうしてそんなことを言い出したのか気づいた。これは、爽を異性として誘っているのではない。彼女にとって夢のような味だったイチゴヨーグルトを期待しての申し出だ。

「イチゴヨーグルトがなくても？」

思わず意地悪な問いを向けてしまう。苺は、答えにぐっと詰まった。

この反応は面白いが、イチゴヨーグルトに、自分が負けている事実は腹立たしい。もちろん、異性として部屋に誘われたところで、喜んでお邪魔するつもりはないが……

「……も、もちろんですよ」

彼女ときたらなんてわかりやすいんだ。

だがいくらイチゴヨーグルトが食べたいからといって、自分の部屋に泊めてあげると言い出すなんて……まあ、すでにひとつのベッドで寝ているのだから、いまさらともいえるが……

確かに泊まる場所がなくて困っていたからな。だから、今夜も彼女のところに泊まらせてもらえれば助かるわけで……この『不思議の国の苺』に、何かするつもりなどないし……

彼女は、突っ込みどころ満載で、彼を楽しませてくれるおもちゃ。

自分が手出しをしないから、彼女自身もそういう対象として見られていないと安心しているのだろう。そう思ってくれていれば、こちらとしてもありがたい。

「それは嬉しいですね。では、イチゴヨーグルトは用意できませんが、今夜もお願いしようかな」

苺のがっかりがストレートに伝わってきて、爽は必死に笑いを噛み殺した。

「……それで、店長さん、これからどこに行くんですか？」

爽は返事に困った。祖母から逃走してきただけで、どこに向かっているわけでもない。気ままにドライブして時間を潰すだけだ。脅威が去れば、要が連絡をくれるだろう。そうしたら、店に帰ればいい。

「どこに行きましょうか？」

彼女とふたりで遊びに行くというのは、楽しそうだ。

「いま、仕事中ですよ？」

苺にたしなめられて爽は眉を上げた。確かにその通りだ。

そういえば、明日は金曜日で、彼女は休みだな。

本来は木曜日の今日が爽の休みだが、苺のことがあり、何かと多忙だったため、今週はもう休まないつもりでいたのだが……

明日の休み、彼女は何か予定があるんだろうか？　何もないなら……自分も休みを取って、一緒に遊びに……

「明日は休みですが、鈴木さん、もう何か予定があるんですか？」

「明日ですか？　あの部屋に、もうちょっと私物を運び込もうかなって思ってるんです」

「あの愛車で？」

からかうつもりで問いかけたのだが、彼女は素直に「はい」と答える。

そうか、ならば手伝ってやろうか。自転車で荷物を運ぶのは大変だろう。

「よろしければ、車を出してお手伝いしましょうか」

「はい？」

可愛らしく小首を傾げる苺に、爽はドキリとした。

「店長さんも、明日お休みなんですか？」

「え、ええ」

おかしな反応をしてしまった自分に動揺しつつ、爽は答えた。

ともかく、明日は休むと、要にあとで連絡しておこう。

「で、でも、ただでさえ迷惑かけてばっかりなのに……いいんですか？」

苺の『いいんですか？』という言葉には期待が込められていて、爽は気をよくした。

「鈴木さんのところに泊めていただく身なのですから。それくらい喜んでさせていただきますよ」

実は言外に、これからも泊めてもらうという意味を匂わせたのだが、彼女は気づいていないようだ。

「明日は、岡島さんは、お休みじゃないんですか？」

「休みですが……それが？」

「それなら仲直りするチャンスですよ。ふたりでお出かけとかしたらいいんじゃないですか？」

その言葉に、爽はイラッとした。せっかく手伝いを申し出たと言うのに……

「怜にはすでに予定があるようですよ」

怜は趣味が映画鑑賞らしく、暇さえあれば映画館に足しげく通っているようだ。

しかし、もう彼は男だと、苺に真実を知らしめてやりたい。だが、このタイミングで暴露しても、なんら面白みがない。……むかつくが、もう少し時期を待つとしよう。

「そうですかあ……残念ですね」

なんとも気の毒そうな眼差しを受け、むかつきすぎて少々眩暈《めまい》がした。

「それで？　手伝いはいるんですか？　いらないんですか？」

鋭い目を向けながら、爽は居丈高《いたけだか》に聞いた。

苺がビクンと身を震わせ、いくぶん気が収まった。

「そ、それはもちろん、手伝ってもらえたら助かるですけど……」

「では、お手伝いしましょう」

そのとき、胸元で微かな機械音が鳴った。どうやら脅威が去ったらしい。

「戻りますよ」

そう言ってすぐに進路変更する。

いまの機械音は苺にも聞こえたはずだが、なんのことやらわからないでいる彼女は、不思議そうな視線を自分に向けているものの、何も言わない。説明を求めようか悩んでいるのかもしれない。

爽は先手を打つことにした。単純な彼女の気を逸らすすべは、すでに心得ている。

「イチゴヨーグルト、頼んでおきましょう」

そう言った途端、予想した通り苺は破顔したが、彼女が次に叫んだ言葉は、到底想像の及ばないものだった。

「王様認定書、決定ですっ！」

は？

運転中だというのに、爽は一瞬、ぽかんとしてしまった。

いま、なんと？　王様認定書……と言わなかったか？　だが、それはいったいぜんたいなんなのだ？

爽を困惑させた張本人である彼女は、ご機嫌な様子でリズムを取りながら身体を揺すっている。

「鈴木さん」

眉を寄せて呼びかけると、彼女はこちらを向いてきた。

「はいはい、なんですかぁ」

ご機嫌な返事をする苺に、爽は「いまのはなんですか？」と問い質《ただ》した。

「はい？　何がですか？」

「ですから、いま鈴木さん、王様とか、認定書とか、言ったでしょう？」

「えっ？」

驚いた声を上げた苺を、爽はちらちらと窺《うかが》った。彼女はきょとんとしつつも、記憶を探っているようだったが、じき視線を向けてきた。

「鈴木さん？」

「わ、忘れました」

早口に彼女が言う。

「忘れた？　いま口にされたばかりですよ。王様認定書とはなんなのですか？」

「く、口が……滑ったんですよ」

口が滑った？

「私は、王様認定書とやらについて、その意味を問うているだけなんですが？」

「とうているね……」

ぼそぼそっという声が聞こえ、聞き取れなかった爽は眉を寄せた。

「なんです？」

「いまのは、自覚なしの独り言ってやつですよ。苺にもよくわかんないです」

自覚なしの独り言……？

本当によくわからない彼女だ。

33　盗賊への転身　～苺～

「今日は？　苺、あんたうまいことやれたの？」

苺が食卓についた途端、母から、気がかりと疑念を混じり合わせた問いが飛んできた。

父の愉快《ゆかい》そうな顔、兄のにやついた顔を順に見つめ、苺は目を吊り上げて精一杯三人を威嚇《いかく》してやった。

この三人、苺の仕事の失敗談を、胸を躍らせて待っているのじゃないだろうか？

まったくぅ～。

「ちゃんとやってるよ。なかなか大変なんだよ。コーヒーの淹《い》れ方も難しくてさ」

健太がぶはっと噴いた。

「紅茶の次はコーヒーかよ。いちごう、お前、お茶くみに雇われたんじゃないのか」

そう言われると、ぐうの音《ね》も出ない。確かにお茶くみ仕事に雇われたようなものだ。

しかも、お茶くみ仕事すら研修中で、まともにやれていない。さらに着せられている制服ときたらメイド服。そんなものを着ているだなんて、家族には絶対に知られたくない。

「それにしても、話を聞いていると、お局《つぼね》みたいな店長だな。いったいいくつくらいの女性《ひと》なんだ？」

……お局？

「年齢？」

「ああ」

苺は藤原の風貌《ふうぼう》を思い出して考え込んだ。

ずいぶんと整った顔立ちをしているけど、ちょっぴり苦味のある顔してんだよね。苺には、男のひとの年齢を推測するのは難しいけど……

彼女は目の前にいる健太と、藤原とを比べて口を開いた。

「三十歳……くらいかなぁ？」

「そうか、なら、すでにお局だな」

「まあ、そだね」

苺はいい加減に答えた。

「明日はわたし、お休みなんだけどね、ワンルームに荷物を運ぶつもりなんだ」

「自転車でか？　大きな荷物積んでじゃ、危ないだろう。よろけて転んだら大変だ。夜でいいなら父さんが手伝ってやるぞ」

「大丈夫だよ。実はね、店長さんが手伝ってくれることになってるんだ。自分の車で運んであげるって言ってくれたの。だから明日、店長さんがウチに来るよ」

「あらぁ、親切な方じゃないですか」

苺は真美に向けて笑顔で頷いた。

「うん。いろいろ口うるさいけど、けっこうやさしいひとだよ、店長さん」

よくよく考えてみると、わたしってば店長さんにほんとによくしてもらってるんだよなぁ〜。

「お店に置くクリスマスのツリーも、飾る前に苺の部屋に持ってきてくれて、楽しみなさい、って十日間だけ貸してくれたんだ。それにイチゴヨーグルトも差し入れしてくれたし」

苺は豪華版イチゴヨーグルトを思って、相好《そうごう》を崩した。あー、今夜また、あのイチゴヨーグルトを食べられるんだ。楽しみだなぁ。

「明日真美ちゃんは定期健診だし、家には誰もいないわね。苺、あんたよろしく言っといてちょうだい」

「オッケー」

「さ、飯食おうぜ。腹が減った」

健太のその言葉を合図に食事が開始され、苺はさっそくおいしそうなキンピラを頬張った。

「遅いなぁ」

時間を確かめ、苺はぼそりと呟いた。

ワンルームに戻り、藤原がやってくるのをいまかいまかと待っているのだが、夜、十時を過ぎたのにまだやって来ない。

やってくるまで起きて待っていたいが、そろそろ睡魔に負けそうだ。

明日がお休みだから、どこかでお酒を飲んだりして遊んでいるのだろうか？

岡島さんと？　それとも、藍原さんとか？

岡島と遊んでいるのだとしたらふたりは仲直りしたということになる。

なぜか鼻の奥がツンとした。

……イチゴヨーグルトは……もうなしかな……

ちぇっ。

店長さんが持ってくるっていうから……苺、三連パックのやつ、買って来なかったのにさ……

期待が大きかったぶん、がっかりも大きくて、涙が滲《にじ》んでくる。

はあ～っ。

ため息をついた苺は、ベッドの枕を手に取ると、ソファに深く座った。大きな枕を抱えて目を閉じる。

店長さんの匂いがするみたい。明日の約束も、もうキャンセルかな?

しょぼくれた苺は枕に顎《あご》を乗せてうとうとしはじめた。


身体がゆさゆさ揺れている気がした。

誰かが苺の名を呼んでいるような気がしたが……強烈な眠気には勝てなかった。

時折意識がうつつに戻り、そのたびに苺はぬくぬくとした温かさを感じて笑みを浮かべた。


目を覚ました苺は、眉をひそめた。

あれっ? 苺、ベッドに寝てる? ソファに座ってたはずなのに……

戸惑いつつ右側に顔を向けた苺はハッとした。

てっ店長さんだっ! ききき、来たんだっ!

パッとベッドから跳び起き、苺は冷蔵庫に突進した。

ドキドキしつつ、冷蔵庫のドアをゆっくりと開ける。

う、うおおーっ。

キラキラと輝くガラスの器《うつわ》に入っているイチゴの赤と、ヨーグルトの白のコントラストを甘い眼差しで見つめる。

苺は満ち足りた気分になり、冷蔵庫のドアをそっと閉めた。

弾むような足取りでトイレに行って用を足し、スキップしながらベッドに戻る。

朝の気温は低く、裸足でいた苺の足の先はかなり冷えていた。ベッドの中はまだ温かかったが、いったん冷えた足はなかなか温まらない。

苺はそーっと藤原の足へつま先を移動させた。

冷たさにびっくりして目が覚めたら、この間みたいに文句を言うだろうが、ぐっすり寝入っているようだから、気づかないだろう。

藤原の足に苺のつま先が到達したが、彼はぴくりとも動かなかった。どうやら完璧に夢の中のようだ。

にょほほ。

調子に乗った苺は、厚かましいほどに、藤原の温かい足で暖を取った。

身体が温まり、またたんだんと眠気が戻ってきた。

冷蔵庫の中のイチゴヨーグルトを思ってしあわせの息を吐きつつ、苺は背を向けている藤原の背中にぴったり張り付いた。

「店長さん……ありがとう」

うつらうつらしながら呟き、苺は二度目の眠りについたのだった。

何かやわらかなものが頬にくっついたような気がして、苺は目を開けた。

「鈴木さん……」

目の前に藤原の顔があった。

「あ……ども。お、おはようございます」

苺は慌てて起き上がった。

藤原はシャワーでも浴びたのか、髪を湿らせていた。適当に拭いただけみたいで、かなり乱れて見え、いつもの藤原らしくなかった。

これまたかなりワイルド。王様から一転、店長さんってば、盗賊に転身しちゃったみたいだ。

「二日酔いですか?」

決めつけたような問いが気に障《さわ》ったのか、藤原は顔をしかめた。

「二日酔いなどではありませんよ。昨夜は酒など一滴も飲んでいませんし」

「そうなんですか? お兄ちゃんが二日酔いで気分が悪いと、頭からシャワー浴びてたもんで、てっきりそうかなって……」

「鈴木さん、ご兄弟は何人いらっしゃるのですか?」

「お兄ちゃんひとりだけです」

「それでは、ご家族は四人ですか？」

「あともうひとり、お兄ちゃんのお嫁さんがいます」

「結婚されているんですか？　それで同居を？」

「はい。お嫁さんの真美さんは、お兄ちゃんにはもったいないくらい、素敵で美人でとってもやさしいひとなんです。もうすぐ赤ちゃんも生まれるんですよ」

「それは皆様、楽しみでしょうね。鈴木さん、顔を洗っていらっしゃい。朝食にしましょう」

いまになって気づいたが、パンの焼けたいい匂いが漂っている。

それに紅茶の香りも……

キッチンから出てきた藤原は、皿に盛った朝食を手にしていた。

「鈴木さん、早くしなさい。冷めてしまいますよ」

「は、はいっ」

苺は慌ててベッドから降り、大急ぎで顔を洗ってきた。

テーブルにはおいしそうな朝食がなんと苺の分まで並んでいた。

苺が流し台のところに置いていたおにぎりも、素敵なお皿にちょこんと載っている。

「なんかすみません。苺ってば、店長さんに朝ごはんの支度までさせちゃって……よかったら、おにぎりふたつともどうぞ」

苺はへこへこしながら、藤原におにぎりを勧めた。

「いただこうかな」

藤原は笑みを浮かべながらおにぎりを手に取って食べた。

よっぽどおにぎりが好きなんだな。おにぎりくらい、豪華な食事を作ってくれる料理長に頼んだらどうですか、と言おうかと思ったが、苺は口にするのをやめた。

もしかすると、藤原はおにぎり欲しさに、ここに泊まりに来ているのかもしれない。

店長さんは苺のおにぎり、苺は店長さん持参のイチゴヨーグルト。

お互いが求めるアイテムを、相手が持っているということなのだ。

よ、よしっ！

明日から毎日、おにぎりを作るとしよう。

「店長さん、明日のおにぎりの中身は何がいいですか？　やっぱり梅干しがいいんですか？　シャケとかタラコとかは？」

「梅干しがいいですね。この梅はとてもおいしいですよ。どこの店から取り寄せていらっしゃるのかな？」

「取り寄せとかじゃないですよ。それは苺んちの母が作ったやつです」

「お母様の手作りでしたか？」

「はい。それじゃ、梅干しにしときますね」

苺はふかふかで香ばしいパンを頬張りながら快活に答えた。

「イチゴヨーグルトは、召し上がらないんですか？」

食事を終えて、膨らんだお腹をさすっていた苺は、藤原に聞かれて首を横に振った。

「おいしいものいっぱい食べて、いまお腹いっぱいだし、今日はお休みだから、スペシャルデザートはあとの楽しみに取っておくんです」

「そうですか」

「昨日は夢中になりすぎちゃって、気づいたらなくなってて……」

昨日のことを思い出した苺は、しょんぼりしつつ言った。

「そうでしたか」

「はい。もう、ものすごーく、がっかりしたんです。だから今日は、そんなことのないように、一口一口味わって食べようって、心に決めてるんです」

苺は誓うように胸に手を当て、力強く言った。

藤原は表情を変えずに黙って聞いている。

乱れた髪が額にかかり、無表情さとセクシーさが相まって、なんともワイルドだ。

「店長さん、その頭……」

「頭？」

「乱れっぷりが、ワイルドですよ」

藤原は右眉だけくいっと上げ、湿った髪に前髪から指を差し入れて後ろへさっと払った。

なんだか知らないが、苺はどぎまぎした。


藤原の車に乗り込み、車は一路、鈴木家へと向かう。

見慣れた景色を眺めながらも、苺は藤原が気になってならなかった。

休日の藤原は、平日の彼とは、ちょっと雰囲気が違う。スーツを着ていない藤原は、店長という立場から離れ、親しみやすい感じがする。距離が近づいたような気がして、なんだか苺はドキドキしてしまっている。

日中のスーツのイメージが、頭から離れないのが原因だろうか？

「この道は、まだまっすぐでよろしいんですか？」

休日仕様の藤原の横顔を、穴があくほど見つめていた苺は、話しかけられたことにようやく気づいた。

「鈴木さん？」

怪訝《けげん》そうに名を呼びながら、藤原はちらりと苺のほうを向き、その瞬間、苺は反射的に愛想笑いを顔に貼り付けた。

「まっすぐ進みますよ？」

そう問われた苺は、慌てて周りを見回し、「そこ左！」と叫んだ。

藤原はぐっとブレーキを踏んで無事角を曲がったが、数秒後、機嫌の悪そうな表情に変化した。叱られる予感に苺はビクビクした。

「もっと早くお願いしますよ」

予感は的中し、たしなめるように叱られた苺は小さくなった。

「す、すみません……」

隣にいる店長さんが、いつもとおんなじ店長さんだったら、苺の道案内はもっとすんなりいったはずなのにさ……。それにしても店長さん、ずいぶんと肌触りのよさそうなすべすべのセーターを着てるなぁ～。

どんな感触なのだろう？

「鈴木さん？」

藤原のセーターの裾《すそ》を掴み、思った通りのすべすべの肌触りを楽しんでいた苺は、彼の呼びかけに上の空で答えた。

「まだまだ、ずっとまっすぐですよ」

答えてから、苺はうん？　と眉を寄せた。

ここは曲がり角のないまっすぐな道だ。なんでいま、呼びかけられたんだ？

「もうちょっと先までまっすぐですよ。で、突き当たりを右に入るんです」

苺は顔を上げて、なんだか納得していない風の声を発した藤原の表情を窺《うかが》った。

「説明、わかりづらかったですか?」

「いえ。そんなことはありませんが……」

ありませんが……なんなのだ?

曖昧に答えられたら、気になるのに……

苺は手のひらに心地いい、藤原の滑らかなセーターの裾を無意識に引っ張り続けながら、首を傾げた。


「……わかりました」


鈴木家に到着し、藤原は空いていた苺の家の駐車場に車を停めた。

車から降りた苺は、自分の家と藤原の車を見比べた。

藤原のハイブリブリなんたらの車は、苺の家に馴染まない。なんか、どちらも互いに牽制《けんせい》しあっているように思えた。

いつもなら真美の運転する可愛いミルク色をした車がちょこんとあるのだが、今日は病院の健診で使っているようだ。それは苺にとって都合がよかった。真美が家にいたら、荷物を運ぶ手伝いをするといって聞かなかったに違いないのだ。荷物を持って階段の上り下りなんて、心配で心配でさせられるわけがない。

真美はいま妊娠七ヶ月。まだそんなにお腹も大きくないのだが、健太は真美をひとりで病院に行かせることがひどく不安らしく、夕べも仕事を休んで病院に付き添うと騒いでいた。結局、大丈夫だからと真美に説得され、母から過保護過ぎると失笑を食らい、ぶつぶつ不服をもらしながらも断念したようだった。

34　反撃に憮然《ぶぜん》　〜爽〜

やはり彼女は変だ。

ふたり並んで玄関まで歩いてゆきながら、爽はそう結論づけた。

車を運転している間中、苺は爽のセーターの裾《すそ》を引っ張り続けていたのだ。まったく非常識だ。私に断りもなく、ひとのセーターの裾を掴んで、延々と引っ張り続けるなんて……

しかも、完全に無意識だった……ありえない。

おかげで……突っ込めないわ、もどかしいわ、もんもんとするわで、いまや精神的な消化不良状態に陥《おちい》っているありさまだ。

どうにかして、ぎゃふんと言わせてやりたい。

「店長さん、どうぞ」

玄関のドアが開けられ、足を踏み入れようとしたが、ひとの気配が感じられない。

「店長さん？」

「家族の方は、どなたかご在宅ではないのですか？」

「はい。ご在宅じゃないです。真美さん以外はみんな仕事で、真美さんは今日は健診でいないんです」

「そうでしたか……それでは私は、中に入るのはご遠慮しますよ」

留守の家に、上がらせてもらうわけにはいかない。

「どうしてですか？」

「ご家族が誰もいらっしゃらないのに、上がりこんでは失礼になります」

「失礼なんかじゃないですよ。ご家族の苺がいるじゃないですか」

「鈴木さん、それは……」

「さあさあ、細かいこと気にしないでいいんで、上がっちゃってください。ちゃんと店長さんが来ること、家族に教えてあるんですから」

「そうなのですか？　それでご家族の皆様は、それを了承されたのですか？」

「もちですよ」

もち？

「鈴木さん、もちです……とはなんです？」

「もちろんです、って意味ですよ」

当然だろといわんばかりの苺の口調に、イラッとした。

『もちろん』という言葉を、『もち』だけに短縮するなんて……

たった四文字の言葉を二文字に縮《ちぢ》めて、なんの得があるというのだ。

「またですか？　そのように鈴木さんの意志で勝手に短縮された言語では、相手に正しく意味を理解してもらえませんよ。ほんとに鈴木さんは……」

しっかりわからせようと、さらに続けようとしたが、苺は爽の背後に回り、「はい、はい」と言いながら両手で背中をぐいぐい押してくる。

「す、鈴木さん。話を」

「いいから、いいから」

話を聞く気はまるでないようだ。押されるまま、玄関の中に入ってしまう。

荷物を運ぶ手伝いを申し出たのは自分なので、ためらいながらも靴を脱いで上がらせてもらった。

爽は家の中を見回した。彼の生活には馴染みのない造りで、すべてが物珍しい。

「苺の部屋はこっちです」

そう口にした苺は、玄関近くの急な階段を、駆けるように上がっていく。

凄いな……こんなに急な階段なのに……

「急な階段ですね」

「そうですか？」

すでに階段を上がりきってしまった苺は、首を傾《かし》げて聞き返してくる。

どうやら彼女は、急だとは感じていないらしい。

階段を上がってすぐの部屋のドアを開け、苺は中に入ってしまった。階段を上がり切った爽は、ドア口に立って中を覗き込んだ。

なんとも不思議な甘い香りが漂ってきた。

これは、苺の香り……か？

思い出してみると、一緒に寝ている彼女の身体から香っていた匂いも、こんなだったかもしれない。ベッドでは、なるべく身体を密着させないように気をつけているから、確信は持てないが……

そういえば、寝ぼけた彼女が馬乗りになってきたときは、びっくりさせられた。

彼女の重みを思い出してしまい、身体が自然と熱を帯び始め、爽は慌てて記憶を掻《か》き消した。

それにしても、この香り、悪くないな……ずっとこの場にいたい……

「運ぶの、これなんですけど……もうちょっと荷物作ってもいいですか？」

「ええ。お好きなだけ……」

よからぬことを考えていたせいで、つい上の空で答えてしまう。

部屋の床には、運び出す荷物なのか、紙袋や段ボール箱が置いてある。

それでもまだ部屋中に、物がごちゃごちゃとある。整頓《せいとん》されていないわけではないが……

女性の部屋というものは、たいていこういう感じなのだろうか？

「店長さん、ベッドにでも座って待っててください」

ひとの家を訪問し、ベッドに腰かけるように勧められたのは初めてだ。爽は戸惑いながらベッドに視線を向けた。

「イチゴ……」

ベッドカバーがイチゴ柄だ。

苺には、やはりイチゴなのだなと感心していると、苺がくすくす笑い出した。

「鈴木さん、何かおかしなことがありましたか？」

「だって、店長さんったら、イチゴって呟くから、自分が呼ばれたかと思っちゃいましたよ」

ああ、そういうことか……

「鈴木さんは、イチゴがお好きなんですね。やはり、名前が苺だからですか？」

「イチゴ柄は嫌いじゃないですよ。でも苺は、イチゴにこだわったりしてないです。ただ、みんなが……特にお母さんは、苺にはイチゴ柄って思うみたいで、苺に何か買うとなるとイチゴ柄ばっかり選ぶんですよ」

そう説明しながら立ち上がった苺は、机に歩み寄り、何か手に取ってこちらを振り返ってきた。

「昔から、服とか靴とかバッグだとか、イチゴのものを見つけちゃうと買わずにはいられないみたいで……イチゴ柄のものばっかり着せられて……そうそう、中にはイチゴの帽子なんてのもあって……」

イチゴの帽子?

「まだあるんですか?」

いったいどんなものなのか興味を引かれ、爽は尋ねた。

「あるって?」

「イチゴ柄の帽子ですよ」

そう言ったところで、爽は苺が手に持っているものに目を留めた。

「ありますけど……」

「それは?」

彼女が答えるのと同時に爽は問いかけた。小箱のようだが、可愛らしいイチゴがついている。

「これも母がくれたんです。宝石箱ですよ、可愛いでしょ？　イチゴがひとつ取れちゃってるけど……」

苺は宝石箱の蓋《ふた》を開け、何か摘《つ》まんで取り出した。爽に見せようと差し出してくる。

「これが、蓋の真ん中のこの部分にくっついていたんです」

苺は、かつてついていたであろう場所に、手にしているイチゴを載せて見せる。

「接着剤を使えば、すぐにつけられますよ」

「そうなんですけど……」

苺は笑いながら、照れたように自分の頭をコツンと小突いた。

「見せて」

爽は苺に向けて手を差し出し、宝石箱を受け取った。

とても可愛らしい小箱だ。宝石箱と苺は言ったが、爽の抱く宝石箱のイメージとは違う。

彼女が母親から贈られたという小箱は、どうしてか爽の胸に甘い疼《うず》きを覚えさせた。

特別なもの……愛が沁《し》みているからか……

「開けてもいいですか？」

「いいですよ」

爽は小箱の角をそっと撫でてから、ゆっくりと蓋を開けた。

おもちゃのようなアクセサリーが入っていた。思わず笑みを浮かべてしまいそうになる。それとともに、懐かしいような感情が湧き上がってきて、ほんのり胸が切ない。とうの昔に、彼がなんのためらいもなく捨て去ってしまったもの……これは、それに近い……

リングの部分が曲がってしまっている指輪に、爽はそっと触れる。

彼女の宝物……

「大切にされてるんですね……」

「え？」

指輪を見つめていた爽は顔を上げ、戸惑った表情の苺に微笑んだ。

「しあわせですね」

「い、苺が？」

「いえ……このアクセサリーですよ」

苺はよくわからないというように首を傾げながら近づいてきた。そして、爽の腕に手をかけて、小箱の中を覗き込む。接近していることに彼はドギマギしてしまったが、苺はなんてことなさそうだ。その事実にもどかしさを感じてしまっている自分に、爽は顔をしかめた。

顔を上げてきた苺は、爽の言葉の裏に隠された意味を探るかのように、じっと顔を見つめてくる。視線を合わせ、すでに速まっている鼓動がさらに加速する。むかつくな……

この腹立つほどに無邪気な彼女を、やはりぎゃふんと言わせてやりたい。

「帽子は？」

「はい？」

「イチゴ柄の帽子ですよ。どんなものか興味があるのですが……」

「ああ、イチゴ柄じゃあ、ないですよ」

爽は眉を上げた。

イチゴ柄の帽子と言ったと思うが……

「先ほどイチゴ柄の帽子があると……」

苺は、同時に首と手を横に振りつつ否定する。

「イチゴの帽子ですよ」

同じではないか？

さっぱり要領《ようりょう》を得ないでいると、苺は小さな洋服ダンスを開けて何かを取り出し、振り向きざま頭にぽすっと被《かぶ》った。

「これで～す。かなりラブリーでしょう？」

おどけたように言う苺を見て、爽は目を丸くした。

イチゴの頭になっている。

頭の部分は赤い実で、頭のてっぺんには緑色のヘタがついている。

「さすがにもうお子ちゃま過ぎるし、いまは全然被ってないんですけどね」

彼女が頭を動かすたびに、緑のヘタが、なんとも滑稽《こっけい》にひょこひょこ揺れる。

「ぶはっ！」

派手に噴き出した爽は、肩を小刻みに震わせながら、腹を抱えて笑った。

息もできないほどに笑い転げていると、憤怒《ふんぬ》の形相《ぎょうそう》になった苺が、被っていたイチゴの帽子を乱暴にはぎとり、爽に襲いかかってきた。

ぎょっとして身を竦《すく》めた瞬間、爽の頭にはイチゴの帽子が被《かぶ》せられていた。

イチゴの頭になった爽を見て、今度は苺が笑いこける。

爽は憮然《ぶぜん》として帽子を脱ぎ捨てた。

35　しあわせ気分　～苺～

「これで終わりです」

苺はほこりを払うように手を叩いた。

藤原は頷き、苺の荷物がいっぱい詰まった車のトランクを閉めた。

お気に入りの品のほとんどを荷物に追加したため、後部座席も荷物だらけだ。

仕事をクビになったら、荷物を戻すのに手間がかかるから、ワンルームに運び込む物は控えめにしておくつもりだったのだが……

いやいや苺、そう簡単にクビになったり……たぶん、しないよ。

「なんですか？」

藤原の顔をじっと見つめたまま、クビになる可能性を考えていた苺は、彼に問われ、取り繕って、にぱっと笑ってみせた。

「あー、えーと、いっぱい手伝ってもらっちゃって、店長さん、ありがとうございました」

苺は感謝を込めて、ぺこりと頭を下げた。

頭を上げようとした苺は、頭にぽすっとなにやら被せられた。

「な、なんなんですか？」

「取っては駄目ですよ」

驚いた苺はパッと頭に両手を置いたが、藤原に制止された。

彼は苺の両手首を掴み、無理矢理下ろす。

「これって……？」

苺は車の窓ガラスに映る自分の姿を見た。

だよねぇ……

思い当たる物はこれしかない。イチゴの帽子だ。

頭がイチゴになった藤原の姿は、今後思い出すたびに、笑いが収まらなくなるだろうほど、滑稽《こっけい》だった。あのあと、ずいぶんむすっとしておいでだったが……仕返しの機会を狙っていたんだろう。

まったく、おとなげないんだから……

苺は呆れた。

「こんなの被っていけませんよ。今日の服とアンバランスだし……」

頭から剥《は》ぎ取るために手を上げようとしたが、藤原は苺の手を離してくれない。

「離して下さい」

「帽子を取らないと約束しなさい。そうすれば離しましょう」

「やです」

藤原は眉をくいっと上げた。

「それは嫌だという意味ですか？」

「そ、そうですよ」

小言を言ってくるかと身構えたが、そんなことは言ってこなかった。

「あのー、離してください。このままじゃ、いつまでたっても戻れませんよ」

「約束してくださったら、いつでも戻れますよ」

「だーかーらー、この帽子を苺が被《かぶ》ってなきゃならない意味がわかりませんってば」

「私が被っていて欲しいと思っているから、お願いしているんですよ」

理不尽なことを、藤原は澄まし顔で言ってくる。彼の意固地さに、苺はため息をついた。

懐《ふところ》の大きさを見せて、ここはひとつ苺が折れてやるか……

「わかりました」

苺が仕方なさそうに答えると、すぐ手は自由になった。

その途端、苺は被せられていた帽子を投げ捨てようとしたが、両手万歳のポーズで藤原に捕まった。

「あ……はっ」

笑って誤魔化した苺に、藤原は鋭い笑みを向けてきた。約束を違えたことに、とんでもなく怒ったようだ。

きょ、きょわいっ。

「ご、ごめんなさいです」

苺は、万歳の姿のまま、声を震わせて謝った。

「二度目はありませんよ」

恐ろしいほどの脅しが込められた声色だった。

苺は壊れた人形のように、コクコクと頭を上下させた。するとイチゴの帽子が頭から落ちた。苺はぎょっとして目を見開く。

「こ、これは不可抗力ですに」

ビビリすぎて、いい間違えた。

「ですに？」

冷笑混じりに繰り返され、苺は真っ赤になった。

しゃがみ込んだ藤原は、落ちた帽子を拾い上げると、そのまま運転席に歩み寄る。

帽子を被せてくるに違いないと思っていた苺は戸惑った。

「玄関の鍵はかけましたか？」

「は、はい」

いったいなんなのだ？　イチゴの帽子はもういいのか？

まったくよくわからない店長さんだよ。

苺は弄《もてあそ》ばれたと思ってぷりぷりしながら、助手席に乗り込んだ。

「マンションに向かう前に、ランチを食べてゆきますか？」

「ランチ？」

もうそんな時間か……

「そうですね。それじゃ、苺が奢《おご》りますよ」

「奢り？」

「はい。手伝ってもらったお礼です。そうだ、デザートもつけちゃいますよ」

手伝ってもらったのだ。お礼にお昼を奢るくらいは当然だ。

何がいいかなぁ？

知っているお店を頭の中に思い浮かべ、どこがいいか考える。

「鈴木さんがご馳走《ちそう》してくださるというのですか、私に？」

怪訝《けげん》そうに言われ、苺は眉を寄せて藤原を見た。

なんなのだ、この疑わしいものを見るような目つきは？

「奢るったら奢りますよ。素直に奢られてください」

「女性にご馳走になるなど……初めてですよ」

「そうなんですか？」

「鈴木さんは……」

「はい？」

「いえ。なんでも……」

藤原は何を思ったのか、急にふっと笑みを浮かべた。その笑みはやわらかで、苺もつられたように笑みを返した。

「何か食べたいものとかあります？」

「なんでも構いませんよ。鈴木さんのお薦めの店があるなら、そこにゆきましょう」

「はーい」

ずいぶんと和やかな雰囲気の中、車は発進した。

お薦めの店に到着すると、苺はすぐに車から降りた。

「ここ……ですか？」

「はい。苺、ここの常連なんです」

「常連？」

藤原を引き連れ、苺は店内の混み具合を確かめながら、入り口に向かう。

ドアは半自動で、手でワンプッシュしないと開かない。

「どういう仕組みなんですか？」

背後で、藤原が呟いた。

おや？　もしや店長さん、半自動のドアと初対面なのか？

苺は胸の内でくすくす笑いながら半自動のドアの説明をしてやり、店内に足を踏み入れた。

「こんにちはぁ」

「いらっしゃーい！」

いつものように威勢《いせい》のいい声が返ってくる。ここは苺がよく食べに来るラーメン屋さんだ。

「おっ、苺ちゃんか。らっしゃい」

顔馴染みの店主が、親しげに声をかけてくる。

「席、カウンターでいいけど」

「おうよ。苺ちゃん専用指定席まで、ごあんなーい」

「指定席、ごあんなーい」

若い店員達が、見事に声をハモらせる。

「いらっしゃいませ」

店主の改まった声が聞こえて、苺は後ろを振り返った。

「お客さん、おひとりですか？」

店主が藤原に聞いている。

「ああ、そのひと、苺の連れだよ」

「連れ？　このひと、苺ちゃんの知り合いかい？」

「そだよ。今日、とってもお世話になったから、ご馳走《ちそう》するの」

「へーっ」

店主は、苺と藤原を交互に見て、また「へーっ」と言う。

「店長さん、どうぞ、ここに座って」

苺が勧めた椅子に、藤原はためらいつつ座る。

「何がいいですか?」

メニューを開きながら聞くと、「鈴木さんにお任せしますよ」と言う。

「そうですか? それじゃあ……」

いつものチャーラーでいいかな?

「ほんじゃ、チャーラーふたつね」

「苺ちゃん、ご馳走するってのに、チャーラーかよ。礼にはお手軽すぎねぇか?」

「だって、お任せって店長さんが言うんだもん。苺、ケチってるわけじゃないよ」

唇を突き出して言う苺に、店主は笑いこけたあと、苺注文のチャーラーを作り始めた。


「お味、どうでした? おいしかったですか?」

ラーメン屋から出てすぐ、苺は藤原に感想を聞いた。

「ええ。とても」

嬉しい感想を貰い、大枚をはたいた苺は気をよくした。

しかし、店長さんの食べ方ときたら……ラーメンが、あんなに上品に食べられるものだとは……

ずるずるっと音をたてて豪快に食べる客の中で、藤原は異質な光を放っていたように見えた。

やっぱりこのひと、一般人とはなんか違うんだよなぁ～。

「チャーラーとおっしゃるから……」

苺は藤原に顔を向けた。

「はい？」

「初めはわかりませんでしたよ。それが、炒飯《チャーハン》とラーメンのことだったとは……」

そう言って愉快《ゆかい》そうにくっくっと笑う。

どうやら藤原は、だいぶ省略言葉を許容できるようになったらしい。

「それじゃ、食後のデザートですけど……」

「デザートまでご馳走《ちそう》してくださるんですか？　……ですが鈴木さん、荷物の整理もあるでしょうし……。それに、イチゴヨーグルトは食べなくてもよろしいんですか？」

「荷物はぼちぼち片づけます。イチゴヨーグルトは三時のおやつにするつもりですから。ねぇ、店長さん、アイスクリームと、お団子とどっちがいいですか？」

藤原は考える様子も見せずに、「お団子」と即答した。

苺が案内したのは、彼女が子どものころから遊び場のひとつにしている神社だった。

この神社の鳥居の前に、おいしいお団子屋があるのだ。

駐車場代わりになっている空き地に車を停めて、さほど長くない石段を上ってゆくと、お団子屋に辿り着いた。

それほど古くはないのだけど、風景に溶け込むように配慮されていて、まるで大昔からここに存在していたんじゃないかと思わせる外観だ。屋根を包み込むようにもみじが辺りを覆いつくし、お団子屋そのものが、自然に気に入られているかのよう。

藤原も気に入ってくれたらしく、この景色を愛でている。

「二種類あるんですけど、きなこあんことしょうゆ味、どっちがいいですか？」

「鈴木さんは？」

「苺は、二種類を一本ずつ食べたいかなと思ってますけど」

「それでは私も、同じで」

苺は頷き、ふたり分のお団子を買って、無料のお茶をもらってきた。

「綺麗ですね」

お団子を一本食べ終えた藤原はお茶を啜《すす》り、景色を眺めながら呟くように言う。

お団子屋の前に設置されている、木の椅子に座ったふたりの目の前には、見事な銀杏《いちょう》の大木があった。

すっきりと凛々《りり》しく枝を空に突き上げている様は、なんとも清々しいというか……それでいて力強い。

根っこの周りには、銀杏の葉っぱが黄色い絨毯《じゅうたん》のように敷き詰められていて、風が吹くたびに、葉っぱがバラバラと落ちる様は、苺の胸にも自然の無情を感じさせる。

「まだ紅葉の時期だったのですね」

藤原は景色を見つめながら、静かに言った。

この声好きだなと、苺は二本目のお団子を頬張りながらなんとなく思った。

お団子を味わい終えた苺は、銀杏の背景になっているもみじの赤い色を見つめた。

すでに見頃のピークを終えたもみじが色褪《いろあ》せている様は、物悲しい気持ちを誘う。


お団子を食べ終えると、苺は銀杏の絨毯の上を歩き回った。

そんな苺のあとを、藤原は黙ってついてくる。

苺はおかしなほど、しあわせを感じた。

「ねぇ、店長さん、神社の奥を散策《さんさく》してみませんか？」

銀杏の葉っぱを拾い上げ、くるくる回しながら苺は思わずそう口にしていた。

彼女は、そんな自分にちょっぴり驚いた。

神社の奥は、彼女にとって子どもの頃からの神聖で特別な場所……なのに……

だが、どうしても、藤原に見せたくなったのだ。

「神社の奥に入ってもよいのですか？」

「怒られたことないから大丈夫ですよ」

苺は無意識に藤原の左手を取り、彼の驚きに気づかないまま、手を繋いで歩き出した。

36　仲間入りに苦笑　～爽～

神社の裏手は、古めかしい井戸の跡や、なんの目的で組まれたかわからない柱があり、また地面はしっとり湿った感じで苔むし、一種独特な空気で満ちていた。

そんな景色を眺めていたものの、爽の意識の半分以上は、自分の左手に伝わってくる温もりに向けられていた。

誰かと手を繋いで歩いた記憶なんて、遠い過去まで遡《さかのぼ》らないと思い出せない。

自分はこんなにも意識してしまっているのに、彼の手を握ってきた苺はきっと無意識なのだろう。それがもどかしい。

突然手を握られて驚いたが、かといって振り払うこともできなかった。

こんなスキンシップもいいかもしれないと思っている。そしてそんな思いを抱く一方で、ひとつ気がかりが生じた。

彼女は、相手が誰であっても、こんな風に気軽に手を握ったりするんだろうか？

自分以外の誰かに、チャーラーを奢《おご》ったことがあるんだろうか？

誰かと並んで座り、お団子を食べたことがあるんだろうか？

考え込んでいた爽は、苺が足を止めて自分を見上げてきたのに気づき、問いを込めた眼差しで見つめ返した。彼女は神妙《しんみょう》そうな表情で、爽に顔を近づけてくる。

「いいですか、この先からは声を出しちゃ駄目ですよ」

苺は声を潜めて、爽に言う。

「どうしてです？」

彼女につられて、つい自分も声も潜めてしまう。

「そういうことになってるんです。苺がいいというまで、口きいちゃ駄目ですよ。店長さん、わかりました？」

意味がわからないが、ここは彼女のテリトリーだ、素直に従っておいたほうがよいのだろう。

「わかりました」

そう答えると、苺は満足そうな表情を浮かべた。そして繋いでいる手に力を込め、爽を促しながらそっと足を踏み出した。

彼女はこの神社の裏手を、畏《おそ》れを抱くべき神聖な場所と位置付けているのかもしれない。

ひんやりした空気の中を、苺は息を詰めて歩いていく。爽は、苺が創り出す世界に引き込まれていった。

周囲にいるかもしれない生き物たちが、固唾《かたず》を呑んで彼らを見つめているかのような気配。あたりは静まり返り、地面に落ちている枯れ葉が、ふたりの靴底に踏まれて乾いた音を立てる。

すると、急に苺が走り出した。苦しげな顔をして爽を引っ張っていく。

「あー苦しかった」

手を離し、前屈みになった苺は、ぜいぜいと息を荒らげながら、いつも通りに声を発した。

「鈴木さん、いったいどうしたんです？」

口をきいてはいけないと言い、さらに物音を立てないように静かに歩いていながら、突然駆け出した彼女に爽は驚き、この状況が理解できないでいた。

「ここは？　もういいのですか？」

「えっ？　あ、ああ、大丈夫です。ここからこっちはもういいの」

苺は靴の先で線を引きながら説明する。裏手と小道の境目だ。小道に入れば大丈夫ということなのか？

「鈴木さん、ひとつ質問があるのですが」

「はい。なんですか？」

「あそこで声を出すと、いったいどういうことになるんですか？」

爽は、裏手を指して聞いた。

「うーん、色々ですよ。芋虫踏んづけちゃったり、頭に鳥の糞《ふん》が落ちてきたりなんてこともあるみたいです」

おどろおどろしい祟《たた》り的なものを想像していた爽は、苺の答えに拍子抜けした。しかし彼女は、それを祟りとして真剣に捉えているらしい。

「それで？　鈴木さんは、どんな祟りを体験されたんですか？」

興味を引かれて問いかけると、苺は数秒固まり、取り繕った笑みを浮かべた。

「芋虫ぃ～、くらいな感じですよ」

そう口にした苺はうんうんと頷き、小道の先へとそそくさと歩き出す。

誤魔化したのが丸わかりだ。どうやらこれは、口にしたくないほどの祟りに遭《あ》ったことがあるらしい。

爽はさっと苺の前に回った。彼は突然の行動に驚いている彼女を、笑みを浮かべて見つめた。

「いったい、鈴木さんの身に何が起きたのか、非常に気になるのですが？」

「な、なんもですよ。っていうか、だから芋虫程度のことですよ」

渋い顔で繰り返す。こうかたくなだと、絶対に聞き出したくなる。

「ですから、鈴木さんがおっしゃる、芋虫程度というのがなんだったのかお聞きしたいんですよ」

しつこく問う爽に、苺は唇を突き出した。

爽は堪《たま》らずに笑い出し、先に小道へと足を踏み入れた。

彼女は楽しい。まるで予測できない。

背後からタタタッと走ってくる足音が聞こえた次の瞬間、背中に衝撃を食らった。気を抜いていたところを不意打ちされて、爽は危うく地面に突っ伏しそうになったが、なんとか体勢を立て直し、最悪の事態は免《まぬが》れた。

爽は口元をひくつかせ、苺のほうを見た。腹の立つことに、苺はヒーヒー言いながら笑いこけている。

それは爽の逆鱗《げきりん》に触れた。

爽の顔を見て、事態を悟ったらしい苺は「ひ」と発し、くるりと背を向けると、「ひ、ひぃぃ～～～」と叫びながら小道を逆走し、神社の裏手に向けて一目散に走り出した。

逃すものか！

爽は苺を追い、裏手の井戸の近くで彼女を捕らえた。よほど恐ろしかったのか、苺が恐怖に駆られた叫びを上げる。爽はさっと彼女の口を塞《ふさ》いだ。悲鳴を聞いて、誰かが何事だとやってくるかもしれない。

　苺を引きずるようにして、爽は小道まで戻った。

「さて、どんな祟《たた》りが鈴木さんに降りかかるのか、楽しみですね」

　彼女の口を解放し、にやりと笑いながら言う。

「な、な、なんで？　苺は、苺は、なんも……」

「悲鳴は声のうちに入らないんですか？　残念ですね」

「は？」

　どうやら苺は、あの場で自分が悲鳴を上げてしまったことに気づいていないらしい。

「た、祟りなんか、迷信ですよ。期待してたって、なんもありませんよ」

　泡を食ったように言う。

「そうなのですか？　ですが、そうお聞きして、安心しましたよ」

　わざとらしく、ほっとしたように言ってやると、苺は笑みを浮かべたが、その表情が徐々に歪《ゆが》み始めた。

「鈴木さん？　どうなさったんですか？」

　苺は唇を突き出し、うつむいてしまった。泣きそうな顔をしている。

　どうやら、本気で祟りを恐れているらしい。

　あまりのいじらしさに、口元をほころばせた爽は、彼女の頭にぽんと手を置いた。

「私がお祓《はら》いをしてさしあげますから……安心なさい」

なぐさめるように頭を撫でながら爽は言った。

「ほ、ほんとに？」

苺は縋《すが》るような目で、顔を上げてきた。

「店長さん、お祓いなんてできるんですか？」

「ええ」

即答した爽は、ポケットに手を入れ、取り出したものを苺の頭に被《かぶ》せた。

イチゴの帽子だ。

「はぁ～、な、なんでですか？　これって苺の帽子じゃないですか？」

「これで祟《たた》りを相殺《そうさい》するんですよ」

爽はさらりと口にした。

「祟りを相殺？」

疑わしでありながら、縋るように真顔で聞いてくる。どうやら、祟りを恐れ、いまは藁《わら》をも掴みたい心境らしい。噴き出しそうになるのをぐっと堪《こら》えながら、爽は澄まして口を開いた。

「鈴木さんは、この帽子を被るのを嫌がっている。鈴木さん自身が嫌だと思うことをすれば、祟りは相殺できるということですよ」

我ながらうまい説明だと、内心感心する。

苺は黙り込んだまま、手を上げて帽子に触った。頭から剥《は》ぎ取るつもりだろうと思ったが、苺は帽子を撫でまわし、そのまま手を下ろした。

苺は顔を上げて爽を見る。その眼差しに、爽はどきりとした。

彼女の心に触れたような、爽の心に彼女が触れてきたような、不思議な感覚……なんなんだ？

自分が感じているものの正体がわからずに戸惑っていると、苺は帽子を目深《まぶか》に被り、帽子のてっぺんのイチゴのヘタを撫でる。

「お似合いですよ……とても」

その言葉は、自然に爽の口から零《こぼ》れ出た。あれほど滑稽《こっけい》に見えていたイチゴの帽子だったのに、いまは滑稽に見えなかった。

苺は首を捻《ひね》りながら爽を見つめてきたが、ふっと笑って彼の手を取る。

手を握り合うことに、すでに驚きを感じない。

彼女はいったいなんなのだろう？

「店長さんは、イチゴな苺の仲間ですよ」

至極《しごく》真面目な顔で口にされた苺の冗談に、爽はくすくす笑った。

イチゴな苺の仲間か……

「楽しそうですね」

そう言った爽に、苺はにっこりと笑いかけた。爽は左頬に浮かんだ苺のえくぼを見つめた。

イチゴな苺の仲間は、自分だけだろうか？

繋いだ手を楽しそうに振りながらスキップしている苺を見つめ、爽は物思わしげに考えた。

37　震えの正体　～苺～

目的の場所に向かって、藤原と手を繋いで歩きながら、苺は胸が弾んでならなかった。

店長さんは、まったく不思議なおひとだよ。

苺が働き始めた宝飾店の店長で、苺は下っ端店員。なのにこうしてふたりで一緒にいるのが当たり前にみたいになってしまっている。

まあ、苺がそう感じてるだけで、店長さんのほうはそんな風に思ってないかもしれないんだけどさ……

最初は、貴族みたいな男のひとだと思ったけど……でも、この店長さん、それだけじゃあないんだよね。くだけたところもあって……からかってきたり、さっきみたいに本気になって仕返しして来たり……

ほんと恐かったよ。追いかけられて、まさか神社の裏手で悲鳴あげちゃうなんてさ。もおっ、祟《たた》りが恐くて泣きそうになっちゃったよ。

苺はそのときの自分を思い出して、ぷくくっと笑った。

「鈴木さん、何がおかしいんですか？」

笑い声が漏れてしまい、苺の顔を覗き込むようにして藤原が聞いてくる。

苺は藤原に向かってにこっと笑い、繋いでいる手を大きく振った。

「思い出して笑っちゃっただけですよ。さっきのこと」

そう言いながらイチゴの帽子をポンポンと叩いて見せる。藤原は「ああ」と納得した声をあげて、くすくす笑う。

いいな、この笑顔……

苺はうっとりと見とれた。

リラックスした彼の笑顔は、いつもの苦味が消えていい感じだ。

仕事場では超厳しいけど、それは上司として部下の成長を願ってのもの。藤原の期待に添えるよう、これからも頑張るとしよう。

ここに来たのは、ちょっとばかりひさしぶりだということに、苺はこの場に来て気づいた。

最後に来たのは……いつだったかな？

苺は目の前の大樹の幹《みき》に親しげに手を触れた。

「見事な大木ですね」

藤原の褒め言葉に、苺は我が意を得たりと嬉しくなった。

「でしょう！」

鼻高々で、藤原を見上げる。苺にとって、この木は特別なのだ。嬉しいときは喜びをわかち合えたような気がしたし、哀しいことがあると、辛い思いを吸い取ってくれるような気がした。

「さあ、登ってくださいって、木が誘ってるみたいでしょ？」

「登るんですか？」

問い返されて、苺はちょっと面食らった。

「登らないんですか？」

「経験ありませんね」

苺は改めて藤原を見て納得した。このやたら上品なお方が木に登っているところなど、子どもの姿に置きかえても想像できない。しかし、木登りをしたことがないなんて……

人生損をしている気がする。

「いますればいいですよ」

勧めると、藤原は戸惑った表情を浮かべた。

「するとは？」

「木登りの経験です」

ともかく手本を見せてやるかと、苺はひょいと大木の一番下の大枝に足をかけた。

驚いたように藤原が呼びかけたが、苺は幹《みき》のでこぼこをうまく利用し、ぐいぐいと登っていった。

「す、鈴木さん」

「鈴木さん」

地面から三メートルほどの高さまで登って下を見ると、しかめっ面をした藤原が心配そうに苺を見上げている。

「大丈夫ですよ。慣れてるから落ちたりしませんって。店長さんは？　やってみないんですか？」

ちょいと挑発するように言ってやる。

藤原は大木の全体を見回て、苺を見つめてから一番近くの枝に足をかけた。

驚いたことに、機敏《きびん》に登ってくる。本当に初めてかと疑いたくなるような動きだ。目を丸くしている間に、彼は苺の隣に腰かけていた。

「実際やってみると、思っていたより容易《たやす》いですね」

「店長さん、凄いです。才能ありますよ」

苺はビックリ仰天しつつ、彼を称賛した。

「嬉しいですね」

藤原は苦笑しつつ、まるで親しい友達にでもするように、横抱きに苺をぎゅっと抱きしめてきた。

木登り仲間のスキンシップに、苺も楽しくてならない。

「いい眺めですね」

木の上からの景色を見回しながら、藤原がしみじみと言う。

「この上のほうまで登ると、もっと見晴らしがいいんですよ。ここらへんは緑が多いから、眺めが最高なんです」

「ええ。本当にいい眺めだ。心が洗われる」

藤原は大きく息を吸い込み、そしてゆっくりと吐き出す。

その様子は本当に気持ちよさそうだったので、苺も真似てみた。

「うーん、心が洗われるですよ』

「でましたね」

藤原は突然そんなことを言い出し、くっくっと笑う。

「は、はいっ、出たって？」

なんのことやらわからず、苺は戸惑いながら聞き返した。

「苺語ですよ」

いちご……ご？

「鈴木さん」

「なんですか？」

「笑って」

藤原の言葉に、苺はぎゅっと眉を寄せたが、笑いが込み上げてきた。

まったく店長さんときたら、またあれをやるつもりに違いない。えくぼプッシュだ。

苺は左頬を手のひらで守るように押さえた。

みすみす店長さんの思い通りにはならないぞ。

「笑いませんよーだ」

からかいを込め、茶目っ気たっぷりに言ってやる。

苺を見つめていた藤原は、もう堪《こら》えられないというようにくすくす笑い出した。苺は藤原の笑い顔を見つめ、さっと手を出すと、ほっぺたに狙いを定めた。

「仕っ返しぃ」

以前藤原にやられたように、右頬をつんと指先で突いてやる。

ほっぺたを突かれた藤原は、面食らった顔をしたものの、その直後、朗《ほが》らかに声を上げて笑い出した。

一緒にいて、こんなに楽しい男のひとは初めてだ。ただ、楽しいだけじゃなくて……なんだかウキウキして仕方ない。

心が弾んでどうしようもなくなってしまった苺は、思わず彼に抱きついた。

「わっ！」

腰かけている枝から藤原が落ちそうになり、苺は慌てて彼を支えた。藤原は念のために幹《みき》に腕を回していたらしく、落ちることはなかったが、危うかったことには変わりない。

「ご、ごめんなさい。苺、調子に乗っちゃって」

反省してしょんぼりしつつ頭を下げると、頭の上に手が乗せられた。くすくす笑っている声が聞こえ、苺はおずおずと顔を上げた。

「大丈夫ですよ。私がついている以上、鈴木さんを危険にさらしたりしませんよ。貴女を守るくらい、私には造作もないことです」

藤原ときたら、そんな風に豪語する。

苺は、彼のやさしさに胸がきゅんとした。

わたしがお馬鹿なせいで、危うく店長さんを落としてしまうところだったのに……頭ごなしに怒鳴られても仕方がないのに……苺を責めるどころか、気を遣ってくれている。宣言した通り、苺を守るように抱きしめる藤原の腕の中で、苺の胸の辺りが……小刻みにフルフル震え出した。

これって、前にも同じようなことがあった気がするんだけど？

そ、そうだ。店長さんに初めて会ったとき、ブラの中に携帯入れてんのかなって勘違いしたときの震えと同じ。

これって？　いったいなんなんだろう？

眉を寄せながら、苺が胸の辺りを確認していると、藤原が話しかけてきた。

「ほら、鈴木さん。そんな風にもぞもぞ動いては危ないですよ」

「は、はい」

やさしくたしなめるように言われ、上の空で答える。

藤原に抱きしめられている現実に心地よく浸りながらも、意味不明な震えの正体は一向に暴けず、苺は眉をひそめたのだった。

エピローグ（歓喜の叫び）～執事頭 吉田善一～

「変化を望んでいましたが……こんなことは望んでおりませんでしたよ」

窓辺に立った善一は、銀杏《いちょう》の木を見つめながら、しょぼくれた声で呟いた。

彼の主が、もうずっと屋敷に戻ってきていないのだ。

行方不明というわけではない。居場所はわかっているし、戻って来ない理由もわかっている。

爽様の祖母であられる大奥様が、無断で企画なされた、昼食会という名の見合い。そんなものにさらさら参加する気のない主は、いつも通り仕事に行ってしまわれたのだ。

ご招待したお嬢様方に対して失礼すぎると大奥様は怒り狂われ、我が主を捕まえようと躍起《やっき》になられたが、みすみす捕まる方ではない。依然《いぜん》、逃げ続けておいでなのだ。

そんな爽様に対し、大奥様の講じられた策は、この屋敷に留まること。

いずれ戻ってくるだろう主を、ここで待ち構えてやるという魂胆《こんたん》なのだ。だが、それをわかっている爽様が帰っておいでになるわけもなく……

現在、互いに相手が折れるのを待っている状態。長期戦になりそうな雰囲気で、善一は気が気でない。

「はあ～っ」

善一は、本日何度目となるかわからないため息を、盛大に吐いた。

トントンと強めのノックの音がし、善一はドアに顔を向けた。このドアを叩くリズムと音は……料理長の大平松だ……

善一は思わず苦い顔になり、「はい」と重い返事をした。

主のための、夕食の相談に来たのだ。

「吉田さん、大平松です。いまよろしいですか？」

「ああ、いま行く」

「はい。お願いします」

機嫌のよさそうな大平松に、自分が命じたこととはいえ、嫉妬《しっと》の感情が込み上げてならない。

屋敷に戻られない爽様だが、大平松には毎日料理を頼み、届けさせているのだ。

避難場所とされているマンションに、直接出向いて夕食を作ってもいた。

だが突然、避難場所のマンションへの出入りを、いっさい禁じられたのだ。

夕食を作りにいく大平松についていこうとして、必要ないとすげないお言葉をいただいてしまった善一としては、大平松がマンションに行くのを指をくわえて見ていなくてもよくなったことは、正直嬉しかった。

善一は狭量《きょうりょう》な自分に肩を落とし、大平松の待つ厨房に向かった。

「はい。突然のご注文に驚きましたが、爽様はいたく気に入られたようでしてね、また今夜もと、ご所望《しょもう》なんですよ」

「うん？　イチゴヨーグルト？」

大平松は、手柄を立てたかのように大興奮し、唾《つば》を飛ばす勢いで言う。

「そ、そうか」

正直、自慢にしか聞こえず、かなりうっとうしい。

しかし、イチゴヨーグルトとは……甘いものはお嫌いではないはずだが、イチゴヨーグルトなどという物を、急に好むようになられるとは……

「どこか、お身体の調子でも悪いのではないだろうか？」

眉をひそめて不安を口にすると、大平松は憤慨《ふんがい》したようだった。

「吉田さん、爽様は私の作ったイチゴヨーグルトを、気に入ってくださったんですよ。体調が悪いとかどうとかではなく」

「だが、これまで……」

「突然、いままで興味のなかった食べ物を好むということはあるもんですよ。私も経験がありますし……ほら、私の娘も、納豆が大嫌いだったのに、急に納豆ばかり食べ始めてびっくりさせられたって、この間、話をしたじゃないですか」

善一は憮然《ぶぜん》とした。

大平松の娘は現在妊娠中で、好みに変化が出ただけのこと。

我が主は、妊娠中などではない。

「しかもですよ、吉田さん。聞いて驚くなかれ、私の作ったイチゴヨーグルトは、夢のような味だったとまでおっしゃってくださったんですよ」

「ゆ、夢？」

大平松は、その感想を安直に受け取ったようだが、きっと冗談めかしておっしゃられたのだろう。そのような言葉を、爽様が本気で口になさるわけがない。珍しい食べ物を口にされて、大袈裟《おおげさ》に言っただけだろう……

しかし今夜もご所望とは……まさか本気で……？

それとも、何か深い事情があるのだろうか？

「藍原君」

ようやく戻ってきた待ち人に呼びかけ、善一はいそいそと歩み寄って行った。

彼、藍原要は爽様の直属の部下だ。善一よりもつき従う時間が多く、面白くないが、主のことは、善一以上に把握《はあく》している。

　爽様についてわからぬことがあるときは、この男に聞くのが一番だ。

　まあ、執事頭としてのプライドは傷つくが、背に腹は代えられない。

「爽様のことですね？」

　聡《さと》い藍原は、にっこり微笑みながら言う。

　精悍《せいかん》な顔つきのこの男の笑顔は、なんとも好ましい。

　この笑顔に騙《だま》されそうになるが、実のところ、爽様と同じくらい一癖も二癖もある男なのだ。爽様も、そこを好まれているのだろう。

「ああ。疲れているところすまないが、私の部屋にきてくれ。いいかね？」

「もちろんですよ。では、一時間後でよろしいですか？」

「ああ。それでいい」

　愛想よく頷いて、藍原はその場から去って行った。

　ぴったり一時間後、ドアがノックされ、藍原がやってきた。

「座ってくつろいでくれ。飲み物は紅茶を用意したが、よかったかね？」

「はい」

　藍原の前に、善一自ら淹《い》れた紅茶を出し、真向かいに座る。

「爽様の嗜好《しこう》が突然変わってしまわれたことに、藍原君、もちろん君も気づいているのだろう？」

「はい？」

怪訝《けげん》そうに聞き返され、予想外の反応に善一は面食らった。

「好みが変わったと……吉田さん、どうしてそう思われたのですか？」

逆に聞き返されてしまい、善一は戸惑いながら口を開いた。

「い、いや……イチゴヨーグルトのことだよ。知らないのかい？」

本当に知らないらしく、藍原は眉をひそめている。

「イチゴヨーグルトがどうかしたんですか？」

「ああ、実はな、爽様が二日にわたって、大平松に注文されたんだ」

その説明を聞いた藍原は、腕を組んで考え込んでしまった。

「藍原君。避難場所のマンションも出入り禁止を命じられて……。何か爽様に、よからぬことが起こっていないだろうね。仕事には毎日来ておいでだったのだろう？　これといった変化はなかったかね？」

「イチゴヨーグルトですか？」

藍原ときたら、善一の問いには答えず、確認するように聞く。

「あ、ああ。しかも、夢のような味だったとの言葉まで、大平松はいただいたらしいのだ」

「夢のような？」

驚きを見せた藍原だが、しばらくしてその口元が緩んだ。

「なんとなく……わかりました」

どうしたというのか、藍原は笑いを堪《こら》えているようだ。

「何がわかったのだ？　藍原君、何がおかしい？」

聞き返したが、藍原は視線を逸らしたまま、笑いを噛み殺している。

「藍原君」

イライラして問いかけると、ようやく善一のほうを見た。

「いずれわかりますよ」

そう言った藍原は、落ち着き払ってティーカップを手に取り、ゆっくり味わいながら飲み始めた。

話がこれで終わってしまいそうな雰囲気に、善一は焦《あせ》りを感じた。

「君、何か知っているのだろう？　どうして話さない？　爽様に口止めでもされているのか？」

藍原は笑みを浮かべながら首を横に振り、口を開く。

「実は爽様は……この数ヶ月、ずっと興味を抱いていたものがおありだったのですよ」

「そうなのか？　それはいったいなんなんだね？」

「それが何かは言えません。ですが、先ほども言いました通り、いずれわかりますよ。……吉田さん」

「なんだね」

「悪いことではありません。それは信じてくださっていい。それと……」

「それと？」

「忙しくなりますよ。爽様は、限度というものをご存知ありませんからね」

藍原の言葉に善一は眉を寄せた。確かに、爽様はやるとなったらとことん、というお方だ。そのせいで、これまでずいぶんな目に遭《あ》ったこともある。たいがい、大奥様絡みだが……

大奥様も、とんでもないことを思いついては、周囲を巻き込んで平然と実行なさるお方で、爽様にもそれは確実に受け継がれている。

「藍原君、ワンルームマンションへの出入りを禁じられたことも、それと関係があるのかね？」


藍原が帰ってしまい、善一はティーカップを洗いながら考え込んだ。

爽様は、我々を巻き込んで、なにやら、やらかすおつもりらしい。藍原によれば、爽様は数ヶ月も前から興味を抱いていたものがあり……

ワンルームマンションへの出入りを禁じたことと関係があるのかとの問いに、藍原はふっと笑っただけだったが、あれは肯定《こうてい》と受け取っていいはずだ。

あと、気になるのはイチゴヨーグルト。あの爽様が、イチゴヨーグルトばかり食べたがるとは……

そのとき、ふと思いついた。

爽様が食べたいわけではないのでは？

大平松は、爽様が食べているものと思い込んでいるようだが、夢のような味と口にしたのも、爽様ではないのではないのか？

そういうことならば、すべてが腑《ふ》に落ちる。

ワンルームマンションへの出入りを爽様が禁じられたのは、その誰かがそこにいるからではないのか？

この数ヶ月、爽様がずっと興味を抱いていたもの……

それは、きっと……

善一はごくりと唾《つば》を呑み込んだ。

あの爽様に、ビジネスよりも興味を抱かせる、美の女神のようなお方が現れたのに違いない。

ついに、ついにこの時が来たのだ。

爽様のハートを射抜くほどの魅力を持った女性が、ついに現れたのだ！

「つ、ついにっ！」

握り拳《こぶし》をぐっと固めた善一は、歓喜《かんき》の叫びを上げたのだった。

書き下ろし番外編

策略は真剣に腹黒く

「今日は気持ちよく晴れ渡ったな」

見慣れた景色に目を向け、藤原爽はいい気分でひとりごちた。

時は水無月。梅雨《つゆ》に入り、ぐずついた天気ばかり続いていたのだが……

ひさしぶりに見た青空のおかげで、心に清々《すがすが》しい風が吹き抜けるようだ。

手がけている事業は、たまに問題は起これども、まずまず順調だ。これも彼の腹心の部下たち、藍原要と岡島怜が頑張ってくれているおかげと、口には出さないが感謝している。

爽がいま向かっているのは、ショッピングセンター内にある宝飾店『ジュエリーFujiwara』だ。爽も要も怜も、通常はここで勤務している。

今日は土曜日だから、怜は休みだな。

怜の趣味は映画鑑賞だ。きっと今日も、映画館で一日を潰すのだろう。

そういえば、要の趣味はなんなのだろうな？

要との付き合いは長いが、謎の多い男だ。万能で、爽は要から、『できない』と言う言葉を聞いたことがない。頼めばなんでもそつなくこなす。

要のような有能な人材を手にいれられた自分は、とんでもなくついていると思う。まあ、彼の性格には多分に問題を感じるときがあるが、それくらいのことは目を瞑《つむ》るべきだろう。

元々は、爽の屋敷の執事頭、吉田善一が彼を見出《みいだ》し、ふたりを引き会わせてくれた。善一は頭が切れるというわけではないのだが、人としての素養が高いのだと思う。爽の祖母の羽歌乃くらいの年齢で、とにかく純粋なのだ。それは料理長を務めてくれている大平松にも当てはまる。

そんな感じで、爽の屋敷のスタッフは個性的な者ばかりだ。爽がそういう人物を好むからなのだろうが……

ショッピングセンターに到着し、車を駐車場に止める。ドアを開けたら、むしっとする湿気をふんだんに含んだ空気が流れ込んできた。じわっと肌が汗ばむのを感じながら、爽は車を降りて宝飾店に向かった。

店内は大勢の人でごった返していた。夏間近というこの季節が購買意欲を掻きたてるのだろう。バカンスの季節でもあるし……

そういえば、羽歌乃さんはいま北欧にお出かけだったな。

祖母のことを思い出し、つい数時間前に受け取ったメールの画像を思い浮かべる。異国の地でずいぶんと楽しんでいるようだ。かなり年を取ったが、実年齢より元気そうでなによりだ。旅立つ直前まで、たまには付き合えとしつこく誘われた。今回は断ったが、そろそろ一緒に旅行をするのもいいかもしれない。

宝飾店の裏口から入ると、要が出迎えてくれた。

「爽様、おはようございます」

「ああ、おはよう」

「開店まで、まだ時間がございますし、お飲み物をお持ちいたしましょうか?」

「いや、飲みたくなったら自分で淹《い》れるからいい」

「わかりました」

一礼した要は、スタッフ専用の更衣室に入って行った。爽も自分専用の部屋に入る。

広々とした部屋は、爽好みの内装になっている。この部屋にいると、ショッピングセンターの中にいるという現実感が薄まる。

座り心地のいい椅子に腰かけ、テーブルに置いてある分厚いファイルを取り上げる。

これは爽が手がけている事業の報告書だ。常に最新の情報を要が用意してくれている。当たり前のように開いて見ているが、これを作る要の労力は相当なものだろう。無理はしなくていいぞと言っているのだが、要は完璧な報告書を毎朝届けてくれる。

本当に謎に包まれた男だ。昔話の『鶴の恩返し』のように、彼の正体を知りたがって、謎の部分を暴こうとしたら、目の前から消えてしまうんじゃないのか？

開店時間が近づき、爽はファイルを閉じて店頭に向かった。

途絶えることなくお客様が来店してくれる。お得意様も顔を出してくれ、爽は客との会話を楽しんだ。

ありがたいことに、今日は対応に困るような客はいなかった。宝飾品以外のものを目当てに来店する女性客は多いのだが、その中でも特に対応が大変な客が数人いる。

まあ、それも要がいてくれるおかげで、さほど悩まされることもない。ただ、要がいない日を狙って来られると、少々やっかいだ。その点に関して、怜は要ほど頼りにならないからな。

そのとき、爽は三千円均一のジュエリーが並べられたショーケースを覗き込んでいる女性客に気づいた。

このお客様は？　これまでにも見かけたような気もするが……判然としない。

服装が地味なせいで印象が薄いからか？

なんとなく見つめていたら、その客が顔を上げた。その瞬間、爽は視線を逸らした。

この手の客は、店員と視線が合うと逃げてしまいがちだ。

さりげなく視線を戻してみたら、もうその姿はなかった。なんだ、行ってしまったか……

通りに目を向けたが、人通りが多くて判別できなかった。

三千円均一の商品に興味を持っていただけたようだが……もう来ないかもしれないな。

「藤原さ〜ん」

甘ったるい声で呼びかけられ、爽は振り返る前に心の中で罵《ののし》りの言葉を吐いた。

店員と客という範疇《はんちゅう》を越え、爽に過剰なモーションをかけてくる、同年代と思われる女性だ。爽の正体を知っている様子は、いまのところ見受けられないが……けばけばしい化粧と、濃厚な香水の匂いに辟易《へきえき》しつつも、そこはプロ意識で丁寧に接客する。

ベタベタ触れられそうになるのを、失礼にならないようにうまくかわしつつ相手をしていたら、要が現れ、あっさり解放された。やはり、要は頼りになる。

おや、また来ているな。

三千円均一のショーケースを熱心に眺めている女性客に気づき、爽は眉を上げた。この地味な身なりの女性、必ず毎週やってくるようだ。そして、いつも三千円均一のショーケースを眺めていく。

その彼女、なぜか腕を組み、したり顔で頷いている。興味を引かれて見ていたら、今度はケースに顔を近づけ、人差し指をぴんと上げてから、ひとつひとつ確認するように指さしはじめた。

いったい何をやっているんだ？

この間もこんな調子で、爽は彼女がいる間、ずっと目が離せなかった。

今日も面白いじゃないか。

『地味な彼女』を対象とした爽の観察が本格的に始まったのは、このときからだった。

毎週、彼女は土日のどちらかにやってくる。服装は常に地味かと思ったら、八月になったあるとき、なんと黄色いTシャツに赤いスカートという身なりでやってきた。爽は即座に、『地味な彼女』という命名を、『冴えない彼女』に変更した。冴えない彼女は、爽を決して退屈させない特殊過ぎる観察対象で、彼の中で彼女の存在はどんどん大きくなっていった。

そんなある日、日曜日の夕方になっても彼女がやって来ない。

私が昼食を取っている間に来たんじゃないだろうな？

そわそわしながら閉店まで彼女を待ったが、結局やってこなかった。

風邪でも引いたのか？　まさか、事故に遭って入院とか……？

もしや、ここに来るのに飽きたとかじゃないだろうな？　もう二度とやって来なかったり……

「爽様、どうかなさったのですか？」

深刻な顔をして考え込んでいたら、要が心配そうに声をかけてきた。

「いや、どうもしていないが……」

「そうですか？」

冴えない彼女を見なかったか、要に尋ねたくて仕方なかったが、そんなことを口にしては、変に勘ぐられそうだ。私が、あの冴えない彼女に気があるとか、そんな風に思われたら困る。そんな気は毛頭ないのだから。

「ああ、それよりも、今朝言っていた件はどうなった？　まだ解決しないのか？」

「そのことでしたら、もう解決しましたと、ご報告させていただきましたが……」

そ、そうだったか？

「あ、ああ。そうだったな。ちょっと思い違いをしてしまったようだ」

要と話していると、さらなる失態を犯してしまいそうで、爽はそそくさと自分専用の部屋に逃げ込んだ。

それから次の週末まで、爽は落ち着かない日々を過ごすことになった。

さんざん気を揉まされたが、次の土曜日、彼女はまた現れてくれた。

盛大に安堵を感じ、心の中でガッツポーズする。

しかし、彼女ときたら、この私をこんなにもいらいらさせて、先週はいったい何があったというんだ？　正当な理由があるんだろうな？

そんな理不尽な文句を心の中で喚《わめ》きつつ、彼女の様子に何か異変がないかと確認する。

風邪を引いている様子も、怪我をしている様子もないようで、爽は胸を撫で下ろした。

二週間ぶりの観察対象は、期待を裏切らないパフォーマンスを色々と披露し、彼を満足させて帰って行った。

来週も必ず来るんだぞ。

帰って行く背中に心の中で声をかけるのも、すでに決まり事になっていた。


それから時は巡り、夏が過ぎて秋になった。観察対象の冴えない彼女は変わりなく店を訪れてくれる。そんなある日、爽は羽歌乃に夕食に招かれ、祖母の屋敷に行った。

美味しい料理を味わいながら祖母と会話するのも楽しいが、ふとしたはずみに、冴えない彼女のことを思い出してしまう。

先週来た時も、彼女はケースの中のジュエリーに親しげに声をかけていた。彼女は爽以上に商品を熟知していると思う。些細な変化もすぐに気づくのだ。それが面白くて、爽は彼女の反応を見たいがために、この間は右半分だけ新しいものに入れ替えてみた。

冴えない彼女は予想以上の戸惑い顔で、笑いを堪えるのは大変だった。

「爽さん、何かいいことでもあったの？」

羽歌乃に聞かれ、含み笑いをしていた爽は、顔を上げて祖母に目を向けた。

「特別これといったことがあったわけではありませんが……仕事がとても順調ですので……」

そう言ったら、羽歌乃が顔をしかめる。

「また仕事？　仕事以外にないの？　趣味とか」

「仕事が私の趣味……」

「あー、その台詞《せりふ》は聞き飽きたわ」

羽歌乃がピシャリと言う。爽は肩を竦《すく》め、コーヒーカップを手に取った。

しかし、いい加減、眺めているだけでは物足りなくなってきたな。

週に一度のお楽しみ。その比重は爽の中でどんどん大きくなっていく。こうなると、すでに彼女と懇意になったように錯覚しそうになる。現実は、視線すら合わせられず、ひたすら気配を消しているというのに……

私のことを、少しは意識に入れてくれればいいのに……

なんでもいいから、言葉を交わして彼女の反応を直に楽しみたい。

そうだな。このままの現状を続けていても不毛だ。彼女はいずれ来なくなってしまうかもしれないのだ。そのときになって、もっと早く声をかけておけばよかったと悔やんでも遅い。何か策を練らねば……もちろん、失敗のない策を。

「爽さん、何をそんなに真剣に考え込んでいるの？」

羽歌乃の声が耳に入り、冴えない彼女のことを考えるのに夢中になっていた爽は、我に返った。

「なんですか？」

「なんですかはこっちの台詞よ。あなたときたら、また仕事のことを考えていたのでしょう？　休みの日くらい、仕事から離れなさい！」

咎《とが》めるように言われ、爽は澄まして頷いておいた。


「爽様、今日は三千円均一の品が、絶好調ですよ」

冴えない彼女が自分のいない間に来ては困ると、急いで昼食を食べていたら、怜が目を輝かせて報告してきた。

「また売れたのか？」

思わず面倒そうに口にしてしまい、しまったと思う。

「爽様？」

「い、いや……つまり、またディスプレーを手直ししなければならないなと思ってな」

「それでしたら、爽様のお手を煩《わずら》わせるようなことはいたしません。私のほうで……」

「ダメだ、あそこは私がやる！」

思わず声高に叫んでしまい、怜が驚いている。き、気まずい。

「あそこは……つまり、私の担当……のようなものだからな」

言い訳がましく口にしたものの、実のところ爽の担当というわけではない。

「爽様の気持ちはわからないでもありません」

その言葉にドキリとする。まさか、怜はすべて気づいているのか？

「あのコーナーは、手をかけるだけの価値がありますからね。ああ、それにあのどんぐりが欲しいとおっしゃるお客様も数人おいででしたよ」

「あれは売り物じゃない」

「はい。お客様にもそうお答えしておきました。ところで爽様、興味を引かれているのですが……あのどんぐりはいかほどのものなのですか？」

「まあ、安くはない」

怜が値段を聞いたら、目を丸くして驚くだろうくらいの高価な品だ。

冴えない彼女に話しかけるきっかけになるのではないかと思い、あのどんぐりを飾ったのだ。彼女の目を引くくらいの品をと探していたら、あれを見つけて……

もし、彼女が欲しがるようだったら、よろしかったら差し上げましょうかと話を持っていける。そうすれば、ぐっと親しくなれると考えたのだ。

ランチを終えた爽は、冴えない彼女が来る前にと、大急ぎでディスプレイの手直しをした。

嬉しいことに、やってきた彼女は、爽の狙い通りにどんぐりを見て驚き、手を叩いて喜んだ。そのはしゃぎように、こっちまで嬉しくなる。

爽は、冴えない彼女に近づき声をかけるタイミングを、慎重に計った。

下手に気配を消して近づくより、堂々と歩み寄って声をかけるとしよう。

心臓の鼓動が徐々に高まっていく。それに応じて、ここ最近感じたことのない緊張が身の内を走る。さらに、いよいよだという気持ちから、勝手に気分がハイになる。

よし、いまだ！

ハイになった気分に急かされるようにして彼女に向かって歩き出したが、堂々と歩み寄るどころか緊張のせいでぎこちないものになる。

「藤原さ～ん」

そのとき、いま一番耳にしたくない声が聞こえた。過剰に爽に近付いてくる、いつもの女性客だ。

がっくりし、腹の中が煮えくり返る。なんてことだ、もう冴えない彼女に近づけないではないか。

表面はにこやかに対応していたが、胸にどす黒いものが渦巻き、殺意すら湧く。

「爽様。そろそろ休憩なさってはいかがですか？」

要がやってきてやっかいな客の対応を代わってくれ、爽はありがたくスタッフルームに下がることにした。店頭から去る前に、冴えない彼女を確認したら、まだそこにいて、口惜しくてならなかった。

どんぐり効果で、彼女と話すチャンスがついに訪れたと、胸を膨らませていたのに……次のチャンスを掴むために、爽はまた彼女の気を引けそうな新たなアイテムを探すことにした。

次の週、彼女は珍しく土曜日の午前中にやってきた。

そのとき爽は、お茶を飲みながらのんびり休憩を取っていた。彼女が来るのはいつも午後から、それも日曜日の午後が多かったから、要がやってきて「爽様、来ましたよ」と言われても、爽はピンとこなかった。

「来たって、羽歌乃さんか？」

「爽様のお気に入りのお客様ですよ」

その言葉に、爽は勢いよく紅茶を噴き出した。

「爽様、大丈夫ですか？」

咳き込んでいると、要が駆け寄り背中をさすってくれる。手を上げて「大丈夫だ」と答えた爽は、ハンカチを取り出し口元を拭いた。

もちろん要に知られているだろうことは感じていたが、これまでは触れてくるようなことはなかったのに……

要と目を合わせ、何か言おうと思ったが、爽を見つめる瞳が愉快そうで、苛立ってならない。

爽は何も言わずに立ち上がった。

店頭に出てみると、確かにいつもの定位置に彼女がいた。次こそは声をかけると決意していた爽は、息を吐き、この間のように緊張する前にと、彼女に歩み寄って行った。するると、彼女が不自然に動きを止めた。その反応に爽の足も止まる。彼女はこちらに向いていないのに、爽が歩み寄ってきていることに気づいたかのようだ。

それ以上近づくことができずに固まっていたら、次の瞬間、彼女は逃げるようにしていなくなってしまった。

まさに小動物……

呆然自失としていたら、「爽様……」と、さも気の毒そうに要が声をかけてきた。

ヒクヒクっと口元が痙攣《けいれん》する。

なんてことだ、大失敗だ！　やはり声をかけるべきではなかった。これでもう彼女が来てくれなくなったら……

失意の中、爽は一週間を過ごす羽目になったが、翌週、彼女は変わりなくやってきてくれた。

盛大に安堵した爽は、彼女に声をかけることを諦めた。そしてスタッフたちにも、彼女に声をかけるなと厳重に注意した。

さて、どんな風に飾ろうか？

三千円均一のショーケースを前に、爽は真剣に思案する。

「爽様」

赤いルビーのネックレスを手に考え込んでいた爽は、要に呼びかけられてしぶしぶ顔を上げた。このタイミングで声をかけられたくないのだが……

「なんだ？」

少々構え気味に問うと、要は微笑み、意味ありげに爽の手にしているネックレスを見る。

「手を貸しましょうか？」

「必要ない」

「ああ、違いますよ。ディスプレイのことではありません」

「うん？」

「いえ……そろそろ、特定のお客様と話すきっかけが欲しいのではないかと思いまして……」

思わずうっと呻《うめ》きそうになり、爽は表情を取り繕《つくろ》った。

「お前に気にかけてもらわなくとも、きっかけくらい自分で作れる」

「そうですか？　仕方ありません。残念ですが、これまで同様に見守らせていただきましょう」

「見守る？　そんなことは誰も頼んでいない！」

噛みついたが、「ところで爽様」と普通に返され、イラっとする。

「なんだ？」

「明日は、朝六時には出発なさらなければなりませんし、今日は早目に屋敷に戻られてはいかがですか？」

要の言葉を聞き、つい顔をしかめてしまう。そうなのだ。明日は遠方に出かける予定がある。

冴えない彼女は土日のどちらにやってくるかわからないというのに。

私の代理で、要が行ってくれないものだろうか？

「店のことは私に任せて、爽様は安心してお出かけ下さい」

まるで、爽の心を読んだかのように、要は言う。

従順な部下を装っているとしか思えない要の態度に、爽は歯を軋《きし》らせた。

そして何食わぬ顔で離れて行く要の背中を、爽は睨みつける。

大丈夫だ。彼女は絶対に今日やってくる。そう自分に言い聞かせ、憤《いきどお》る胸をなだめた。

手にしたままだったルビーのネックレスをショーケースの端のほうに飾った爽は、冴えない彼女の好みそうなピンクや水色の石のついたネックレスを見栄えするように飾った。そこに小さなコスモスを模したジュエリーを添え、どんぐりも飾っておく。

うん、いいんじゃないか？

冴えない彼女は、コスモスのような花を好みそうだからな……彼女の反応を予想しつつ、いまかいまかと待っていたが、結局やってきてくれなかった。

明日の用事を要に代わって欲しくて仕方がなかったが、さすがに言い出せなかった。

翌週の日曜日、冴えない彼女の訪れを、三時の休憩もせずにじれじれしながら待っていたら、ようやくやってきた。

さんざん待たされたぶん、喜びに胸が膨らむ。

二週間ぶりだ。数ヶ月会えていなかったような気がしてしまう。

彼女は相変わらず冴えないいでたちで、そのことに爽はおかしなほどほっとした。彼女を変える者がいるとすれば、この私だ。絶対に、この私でなければならない。

ああ、どうにかして親しくなりたい。なんとかならないものか……

「ああ、そういえば……爽様」

何やら急に思い出したというように要が話しかけてきた。

せっかく彼女が来ているというのに……要と話をしている場合じゃないのだが……

「なんだ？」

「実は、先週の日曜日、三千円均一のルビーのネックレスをお買い上げいただいたのですよ」

なんだそんなことか。そのことならわざわざ報告をもらわなくても知っている。先週の土曜日にルビーのネックレスを飾ったのは爽だ。そして昨日の朝、三千円均一の商品を、ディスプレイし直したのも爽なのだ。

「端に置いたんだが、ルビーはあれひとつだったからな。赤い色が目を引いたのかもしれないな」

冴えない彼女の様子をさりげなく窺《うかが》いつつ答える。いつも通り、三千円均一のジュエリーを眺めている。

「そうかもしれませんね。あまりに意外で驚きました」

意外で驚いたという台詞《せりふ》が浮いて聞こえるほど、要は淡々と口にする。

しかし、意外？

「なんの話だ？」

意味がわからず聞き返したら、淡々とした顔に戸惑いが浮かんだ。その表情の変化はわざとらしく、警戒心が湧く。

「なんのって……」

なんでわからないんですと、要の目が言っている。その目を指で突いてやりたくなったが……続いて口にされた言葉に、そんな気持ちは吹き飛んでしまった。

「爽様が気にかけておいでのあのお客様が、お買い上げくださったという話ですが？」

「は？　お買い上げ？　……彼女がか？」

「はい」

「あの赤いルビーのネックレスを、あの彼女が？」

なかなか信じられない爽は、冴えない彼女に視線を飛ばし、要に再度確認を取る。

「はい」

唖然としていた爽は、ハッと我に返った。

「どうしてもっと早く教えない！」

「報告を望まれていたのですか？」

意外そうに言われ、顔が引きつる。

この男……私が、どんなことよりも、その報告をもらいたかったということをわかっていて……

「見守らなくてもいいとおっしゃいましたし……その必要もないのかと」

人の言葉の揚げ足をしっかり取り、悦に入ったように微笑む。

首を絞めてやりたい衝動と戦っていたら、要が「おや？」と言う。その視線は冴えない彼女のほうを見ている。爽はさっと視線を飛ばした。

えっ？　なんと彼女は、五千円均一のショーケースを眺めている。

「おやおや、三千円均一の商品をお買い上げくださったので、そちらにも興味を持ってくださったようですね」

要は満足そうに口にする。その顔を、思い切り振りかぶって殴ってやりたくなる。

「お前が対応したのか？」

内心歯ぎしりしつつ、爽は要に返答を迫る。

「いいえ。私はちょうどスタッフルームに下がっておりまして、対応したのは応援のスタッフです。用事を済ませて戻ってきたら、あのお客様がレジに立っておいでで、驚きました」

「対応した者の名は？」

私を差し置いてと、そのスタッフに落ち度はないとわかっていても、むかつく。

「そのお顔を拝見しておりますと、お伝えすることは、憚《はばか》られますね」

よほど不穏な顔をしていたらしい。こうなったら、いくら問い詰めたところで、要は白状しないだろう。

諦めることにした爽は、レジから出た。購入してくれたということであれば、それをきっかけにして話もできる。たぶん、逃げるようなこともないはずだ。

他のスタッフが彼女と会話したという事実に、どうにも嫉《ねた》みが湧く。

爽はまっすぐ、冴えない彼女に歩み寄って行った。彼女が自分に気づく前に声をかける。

「いつもありがとうございます。どれかお気に召したものはございましたか？」

ぎょっとして顔を上げてきた彼女を見て、爽は強烈に緊張した。

以前のように逃げてしまうんじゃないかと案じたが、彼女は爽の顔を驚きとともに見つめている。

ようやく……

その言葉を心の中で噛み締める。

ようやく彼女の意識に、私は入り込めたのだ。

その夜、ワンルームのベッドに横になった爽は、暗闇の中で頬が緩むのを抑えられなかった。

まさか彼女が、私の店で働くことになるとは……

鈴木苺か……冴えない彼女の名前もついに知ることができて、感慨無量だ。

ただ、気がかりがひとつある。実は、爽が店を留守にしている間に、彼女はもう一度やってきたらしいのだ。

　要が対応したのだが、どういった理由でやってきたかは要にもわからなかったらしい。やはり働けないと断りにきたのではないかと不安になったが、要はそうではないだろうと言っていた。

　すでに明日からの予定を色々立ててワクワクしているのだ。いまさら反故《ほご》になどさせない。

　明日、彼女はきっと来る。そうしたら甘い餌で釣ってでも、辞めたくないと思わせればいいのだ。

　ブティックに連れて行って、制服用にスーツを購入するつもりだが、大量に買おうか？自分のために、そんなに買い揃えられたら、辞めるに辞められないと思うんじゃないか？

　腹黒い策略を真剣に練る。彼女を引き止めるためなら、どんな手段でも使うつもりだ。

　休みは私と同じにしたし、仕事で出掛けなければならないときには、必ず同行させたほうがいいな。他のスタッフとの接触は極力少なくしよう。私ではない別の男に彼女の気持ちが向くのは我慢できないからな。

　あと、エステにも連れて行くことにした。これが何より楽しみでならない。すでに予約も入れてある。

　鈴木苺は、どんな風に変身するだろうな？　まあ、元が冴えない彼女だから、そんなに期待していない。

だが、見た目はどうでもいいのだ。爽にとって、彼女の魅力はそこではない。

今日の面接を思い出し、また笑いが込み上げてくる。

彼女が首に下げていた、先週購入してくれたルビーのネックレス。それについて彼女の口にした言葉には、心を動かされた。

『これつけてると、ウキウキするんです。なんかわかんないんですけど、元気をもらえるんです』

それを聞いて、爽の中の鈴木苺という存在は、さらに大きく膨らんだ。

加えて、あのキュートなえくぼ。

爽は彼女のえくぼに触れた自分の人差し指を見つめ、微笑んだ。

ああ、明日の午後が待ち遠しくてならない。

EB エタニティ文庫 ～大人のための恋愛小説～

Manami & Yusei

"らぶあま"シンデレラストーリー！

PURE 1～7

風 装丁イラスト：藍上

友人に無理矢理出席させられたセレブパーティで、愛美は氷の王子・不破優誠と運命の出会いを果たす。住む世界が違うと諦めようとする彼女に、彼は狂おしいほどの想いをぶつけてきて……。厳しい現実と抑えきれない想いに翻弄される愛美の恋の行方は⁉

白

定価：本体690円+税

Sahoko & Keishi

胸キュンラブストーリー！

ナチュラルキス1～5

風 装丁イラスト：ひだかなみ

ずっと好きだったけれど、ほとんど口をきいたことがなかったあの人。親の都合で引越しすることになったため、この恋も終わりかと思ったら……どうして彼と結婚することになってるの⁉　女子高生・沙帆子とちょっと意地悪な先生の、胸キュンラブストーリー。

白

定価：本体690円+税

※エタニティブックスは大人の女性のための恋愛小説レーベルです。ロゴマークの色で性描写の有無を判断することができます（赤・一定以上の性描写あり、ロゼ・性描写あり、白・性描写なし）。

詳しくは公式サイトにてご確認下さい

http://www.eternity-books.com/

携帯サイトはこちらから！

エタニティ文庫

過剰なスキンシップ禁止!?

エタニティ文庫・赤

王子様のおもちゃ。

橘志摩　　装丁イラスト／中条亮

文庫本／定価 640 円+税

訳あって会社をクビになった楓《かえで》。必死の再就職活動の末、やっと採用通知を手に入れた！　けれど、与えられた仕事は若社長のお世話係兼、婚約者のフリという驚きのもの。しかも、楓にその任務を命じた社長は、超俺サマ＆スキンシップ過剰で……!?

※エタニティブックスは大人の女性のための恋愛小説レーベルです。ロゴマークの色で性描写の有無を判断することができます（赤・一定以上の性描写あり、ロゼ・性描写あり、白・性描写なし）。

詳しくは公式サイトにてご確認ください。
http://www.eternity-books.com/

携帯サイトはこちらから！

本書は、2012 年 7 月当社より単行本として刊行されたものに書き下ろしを加えて文庫化したものです。

エタニティ文庫

苺《いちご》パニック 1

凬《ふう》

2015年 1月 15日初版発行

文庫編集－橋本奈美子・羽藤瞳
編集長－塙綾子
発行者－梶本雄介
発行所－株式会社アルファポリス
〒150-6005 東京都渋谷区恵比寿4-20-3 恵比寿ｶﾞｰﾃﾞﾝﾌﾟﾚｲｽﾀﾜｰ5階
TEL 03-6277-1601（営業） 03-6277-1602（編集）
URL http://www.alphapolis.co.jp/
発売元－株式会社星雲社
〒112-0012東京都文京区大塚3-21-10
TEL 03-3947-1021
装丁イラスト－上田にく
装丁デザイン－MiKEtto
（レーベルフォーマットデザイン―ansyyqdesign）
印刷－株式会社暁印刷

価格はカバーに表示されてあります。
落丁乱丁の場合はアルファポリスまでご連絡ください。
送料は小社負担でお取り替えします。

ISBN978-4-434-20088-5 C0193